連美國人也想知道的

英文問題

Good Question

總編嚴選

4/7~4/27
【最受歡迎獎項票選活動】
你的一票，決定樂壇巔峰榮耀！
www.hitoradio.com

Presented by

Powered by

Mercedes-Benz

2014 hito 流行音樂獎 絕對星態度

6/1(日)18:00 台北小巨蛋

Contents

連美國人也想知道的
英文問題

目錄

放學後的家庭對話

我想問念國小的妹妹學校上課及生活的情形，該怎麼說？
還有「鄉土語言」及「健康及體育」的英文是什麼？

百合花

小朋友放學回家，可以先問候一下：

● **How was school today?**
今天在學校過得如何？

「鄉土語言」課程其實就是在教方言 (dialect)，在台灣最主要的方言，要算是台語 (Taiwanese) 和客家話 (Hakka) 了，只是台語在國際上被視作福建話 (Hokkien) 的一支。

● **Did you have Hokkien class today?**
今天有沒有上台語課？

● **Did you have Hakka class today?**
今天有沒有上客家話課？

而健體課就是健康與體育的簡稱，健康指的是健康教育 (health education)，體育則是 (physical education)，在美國則常簡稱為 P.E.。

● **Did you play dodge ball in P.E. class?**
體育課有打躲避球嗎？

除了問上課內容，一般還會問到回家功課：

● **Do you have a lot of homework today?**
今天的功課多不多？

● **Let me see your communication book.**
聯絡簿拿出來給我看一下。

至於營養午餐，你大概會問菜色：

● **What did you have for lunch today?**
今天營養午餐吃什麼？

● **How was lunch?**
營養午餐好不好吃？

● **What was today's soup?**
今天的湯是哪一種？

● **Did you finish eating everything?**
有沒有全部吃完？

打情罵俏

問起女同事何時會吃男友的醋。
我想說：若妳的男友跟其他女孩子打情罵俏，妳會不會吃他的醋？
我要這樣說：When your boyfriend flirts with other girls, will you be jealous of him?

Ming

中文的「打情罵俏」，在美語中就是用 flirt 這個字，而「嫉妒、吃醋」，你可以簡單地說成 get jealous。不過要注意的是，如果你說 be jealous of somebody，意思是「嫉妒那個人所擁有的東西」。你所寫的 Will you be jealous of him? 的含意是「妳嫉妒他可以跟女生打情罵俏，因為妳不行」，這句話是不是有點莫名其妙呢？所以你要表達的意思，比較合宜的說法是：

● **Do you get jealous when your boyfriend flirts with other girls?**
當妳男朋友跟其他女生打情罵俏時，妳會吃醋嗎？

這是平鋪直敘的說法，或者你也可以說：

● **Would you get jealous if your boyfriend flirted with another girl?**
萬一妳的男友跟其他女生打情罵俏，妳會吃醋嗎？

第二種說法是假設語氣，言下之意是「妳的男友現在沒跟誰打情罵俏，我只是問個萬一」。當你問起比較敏感的問題時，用假設語氣說話，比較不會冒犯到人。

日本客套話的美語表達法

在工作結束後，日本人常會說：「您辛苦了！」請問英文有沒有類似這樣的句子？日文中還有很多客氣的句子，如：「請慢走」、「初次見面，請多指教」，英文要怎麼說呢？

Lucy

想用美語表現日本女孩的溫柔體貼，其實蠻難的，因為國情、文化都不相同。

好比「您辛苦了！」在日本只是一句客套話，不表示對方真的很累，或是工作特別認真，在美語裡找不到這種場面話。以下這幾個句子，是用在一個人看起來真的很累的時候：

● **You look like you've had a hard / rough day at work.**
看起來你今天工作一定很累。

● **You look like you've had a hard / rough day at the office.**
看起來你今天在公司一定很累。

● **You must have had a hard / rough day!**
你今天一定很辛苦！

「請慢走」雖然有要人「路上小心」、「多保重」的意思，但更像是道別時的客套話之一，跟「再見」沒有太大差別。如果你送客時真的想叮嚀路上小心，可以說：

● **Be careful getting home.**
回家路上小心。

● **Drive carefully.**
小心開車。

若道別時想表示多保重，可以說：

● **Take care!**
保重！

「請多多指教」在日本及台灣，都是初次見面的客套話。

● **I would be happy to hear any recommendations you might have.**
我很樂意聽到你的任何批評指教。

但如果你剛認識一個美國人，劈頭就說以上這些話，對方會覺得怪怪的。所以初次見面時，若想表示恭敬，你可以說：

● **It's an honor to meet you.**
認識你是我的榮幸。

「開動」的說法

每天中午在學校用餐時，待全班小朋友裝好了飯菜，我就說：「開動。」而小朋友說：「慢用。」請問這兩句美語怎麼說？

Christine

雖然美語裡 Bon appetit!（「好胃口」good appetite 的法文）或 Enjoy! 都有「祝用餐愉快」的意思，但這兩句通常是餐廳侍者上菜之後，請客人慢用的客氣話。

建議這班老師跟同學可以用以下方式對話：

老師：**Everybody eat!**
　　　大家開動！

同學：**Let's dig in!**
　　　開動！

蚊子電影院和二輪片

在室外會播放電影的「蚊子電影院」英文是什麼？還有「二輪片」怎麼說？

CC

outdoor screening 戶外電影

© bert_ng/flickr.com

© slworking/flickr.com

drive-in theater 露天電影院

© saipaman/flickr.com

在美國是有類似蚊子電影院這種在室外播放的電影，稱之為戶外電影 (outdoor screening)；戶外電影還有一種是開車進去看的露天汽車電影院 (drive-in theater)。美國同樣也有二輪電影院 (second-run theater)，就跟台灣一樣，專門播放二輪片 (second-run film)。

買票時可以這麼說：

● **I want three tickets for the seven o'clock showing of *Gravity*.**
我要三張票，七點的《地心引力》。

想買點零嘴邊看邊吃，則可以說：

● **I'd like a large popcorn and a medium Coke.**
我要一個大盒爆米花，還有中杯可樂。

找位子坐時，則可以說：

● **Let's sit in the front / back / middle.**
我們去坐前面 / 後面 / 中間。

© lobstar/flickr.com

美國電影分級制度

美國電影分為五級，到美國看電影，會在售票處 (box office) 看到類似這張海報的電影分級表 (movie ratings)。

G	**General Audience** 適合一般觀眾，無年齡限制	
PG	**Parental Guidance Suggested** 建議父母在旁輔導	
PG-13	**Parents Strongly Cautioned** 未滿十三歲者須有父母的特別輔導	
R	**Restricted** 未滿十六歲者須父母或已成年監護人陪同觀看	
NC-17	**No One 17 and Under Admitted** 未滿十七歲者禁止入場	

遇到久未謀面的同事！

我在書店遇到久未謀面的同事。
我想要說：好巧哦！怎麼會在這邊遇到你？你的公司在附
　　　　　近嗎？
我這樣說：What a coincidence! How come you are here?

Jenny

妳這兩個句子都已經相當不錯，妳還可以說：
● **What brings you here?**
　什麼風把你吹來的？

至於「你的公司在附近嗎？」我們一般直覺會
想用 company 這個字，但用 work 會更道地，
妳可以試試看：
● **Do you work around here?**
● **Do you work nearby?**
　你在附近工作嗎？

愛怎麼換就怎麼換！

請問我要在飯店櫃臺將五塊歐元換成一元（兩者都
是硬幣）。

Nancy

換成銅板
● **Can you break / change this into smaller coins?**
　麻煩你幫我把這個換成小額銅板好嗎？

換成小鈔
● **Can you break this into smaller bills?**
　麻煩你幫我把這個換成小鈔好嗎？

換成小鈔加銅板
● **Can you break this twenty into a ten, a five, four
　ones and four quarters?**
　麻煩你幫我把這張二十元換成一張十元、一張五
　元、 四張一元和四個二毛五的銅板好嗎？

飯店住宿行李英文

到國外旅遊，在飯店門口看到服務生前來，我想請
他幫忙搬行李，該怎麼說？離開飯店要叫計程車，
又該怎麼說？

飛飛

請行李員幫你把行李送進房間，你會需要以下會話：
● **Could you take these up to my room, please? I'm
　in thirty-six-oh-four.**
　你能幫我把這些行李拿到我的房間嗎？我的房號
　是三六〇四。

進到房間之後，你要說：
● **Please put my bags over there.**
　請把行李放在那邊。

行李擺好之後，別忘了給小費：
● **Here's something for you.**
　這是給你的一點小意思。

離開飯店時若要請人幫你叫車，可以說：
● **Can you call a taxi for me, please?**
　請幫我找輛計程車，好嗎？
● **I'd like to go to the airport.**
　我要到機場。

11

實習老師去打針

請問以下這些字的英文：實習老師、打針、護士小姐、找不到血管、瘀青。

小舟老師

「實習老師」是 student teacher，至於更常碰到的「代課老師」則是 substitute teacher，美語簡稱 sub。sub 這個字可以當名詞，也可以當動詞用。好比：

● **Hi! I'll be subbing for Mr. White today.**
嗨！我今天替懷特老師代課。（sub 當動詞）

● **My name is Mr. Green. I'll be your sub all week.**
我是格林老師。我是這星期的代課老師。（sub 當名詞）

以下這句話，每位代課老師都用得到：

● **I'm the substitute teacher, and I expect you to behave just as you would with Mr. White!**
我是代課老師，希望你們能跟懷特老師在時一樣守規矩！

至於「打針」口語會說 get a shot。而打針時最怕的，就是護士找不到血管，針頭在那兒戳來戳去，不但恐怖，還會在手臂上留下瘀青（bruise [bruz]）。下次發生這種恐怖的經驗，你就可以說：

● **The nurse couldn't find my vein, so I've got a big bruise on my arm!**
護士找不到我的血管，所以我的手臂瘀青一大片！

換個地方繼續講電話

請問接到電話時，若當時身邊有人不方便說話，要走到較僻靜的地方再談，應該如何跟對方說呢？
我想說：「對不起，我現在不方便說話，請等一下。」「（過一會兒）請說……」

Nikki

如果你要對方別掛斷，等你換個地方繼續講電話，可以說：

● **Please wait a moment.**
請稍等。

● **Let me find somewhere more quiet.**
我換個比較安靜的地方。

● **Just a minute—it's too noisy here.**
等一下，這裡太吵了。

一切搞定，講電話的地點也換好了，總算可以安心地跟對方繼續說下去，這時候你可以說：

● **Please continue.**
請繼續說。

● **OK. What were you saying?**
好了。你剛剛說到哪裡了？

● **Where were we?**
我們說到哪裡了？

但萬一你是話筒裡的那個人，對方聲音很小或是環境太吵，你就可以說：

● **I'm sorry. Can you please speak up a little?**
抱歉。能否請你講大聲一點？

「植物人」的英文是什麼？

請問我們俗稱「植物人」的病人英文怎樣說？

Vivian

「植物人」在一般美語口語稱 vegetable，也就是我們熟知的「青菜」這個字。但凡事講究政治正確（politically correct）的美國人，認為稱呼人（vegetable）是很不禮貌的說法，雖然用昏迷病人（coma patient）稱呼植物人比較有禮貌，但是 vegetable 的確是稱「植物人」最常聽到的說法。

所以與其直接說某人是 vegetable，不如先陳述對方的狀況。比如：

- **My cousin went into a coma after the accident.**
  我表姊那次意外之後就陷入昏迷。

- **She's become a vegetable.**
  她已經變成植物人。

快點拿錢出來！

開會時，大家一起點了飲料，結果付錢時，發現金額有少，應該有人沒付錢。

我想要說：錢似乎不夠，我們都已經付了，但應該有一個人未付。

我這樣說： Money seems not enough. We all paid for it, but maybe someone of us forgot to pay the money.

琳

「錢不夠」除了 not enough 之外，還有個好用字 short，代表「金額短缺」。就妳的情況來看，無法確定金額不足是因為「有一個人沒付錢」someone didn't pay，所以妳可以委婉一點：

- **We've come up short.**
  我們的金額不足。

- **Did everyone put in the right amount?**
  大家都有給了正確金額嗎？

- **It looks like we're short.**
  看來錢不太夠。

- **Did everybody pay their share?**
  大家都付了嗎？

同居優缺點

上課時，想聊一聊對「同居」問題的看法，還有我覺得同居不一定是壞事，該怎麼表達？

Alisa

- **In Taiwan, many families are against cohabitation.**
  在台灣，許多家庭反對同居。

- **If people know you are living with your boyfriend / girlfriend, they may give you strange looks.**
  若旁人知道你和男友／女友同居，他們可能會對你投以異樣的眼光。

- **But living together isn't necessarily a bad thing.**
  不過，同居其實也未必是件壞事。

- **Many couples see cohabitation as a trial marriage, a way to find out if they're truly compatible.**
  許多情侶把同居當成試婚，看看彼此是否真的適合。

「同居」的正式說法，可用 cohabit 或 cohabition：

- **Cohabition is on the rise all over the world.**
  現在全世界都越來越多人同居。

- **Many couples choose to cohabit before getting married.**
  很多情侶選擇在婚前先同居。

live together 和 shack up 則是較口語的說法：

- **Lots of couples live together to save money.**
  許多人同居是為了省錢。

- **Tracy decided to shack up with her boyfriend.**
  翠西決定要和她男友同居。

介紹我在公司的工作

我想告訴朋友我在公司的哪個部門,該怎麼說?

Jennifer

想介紹工作內容,最簡單的方法,就是用以下這幾個句型套入部門名稱:

介紹工作好用句

句型 1
- I work in the _____ department.
  我在……部門工作。

句型 2
- I'm responsible for _____.
  我負責……。

句型 3
- I work in / I'm in _____.
  我在……部門。

常見部門英文名稱
- purchasing 採購
- marketing 行銷
- sales 業務
- advertising 廣告
- accounting 會計
- finance 財務
- legal 法務
- planning 企劃
- design 設計
- customer service 客服
- HR (human resources) 人力資源管理
- IT (information technology) 資訊
- R&D (research and development) 研發

請不要插隊!

排隊辦事時,等了許久,偏偏在輪到我時,有個歐巴桑仗著塊頭大,硬擠到前面,死纏著辦事員不放。我想請她不要插隊,請問該怎麼說?

Chen

沒錯!凡事都要守秩序,大家都討厭那些愛插隊(cut in line)的人。若是遇到有人插隊,可以大聲說:
- Excuse me, we're all waiting in line.
  抱歉,我們大家都在排隊。

- Please go to the back of the line.
  請到後面排隊。
- Please don't cut in line.
  請別插隊。

好東西值得等待,但為了避免越等火氣越大,下次看到長長的一串隊伍時,最好先問清楚再排:
- Excuse me, what is this line for?
  抱歉,請問這是在排什麼的?
- Is this the checkout line?
  請問結賬是排這裡嗎?
- Is this the line to buy tickets?
  請問買票是排這裡嗎?

要有公德心

請問有人不愛惜公物，我想向他說「要發揮公德心」，應如何表達？

Abe

想要別人發揮公德心、愛惜公物，足以證明你是個有正義感的人。在英文當中，有 public-spirited、public-minded 兩種說法，但都偏向「熱心公益的」的意思，而且不會直接用來形容人：

- **Alan hopes to work for a public-spirited organization.**
  艾倫希望能在公益團體工作。

- **The charity was established by public-minded citizens.**
  這個慈善團體是由熱心公益人士所成立。

你想要請人發揮公德心，多數情況下都可用這兩句：

- **Have / Show some respect for others / the environment.**
  請尊重別人／環境。

- **Other people have to use that, you know.**
  別人也要使用那個，你知道的。

但如果對象是不認識的陌生人，口氣最好不要太衝，須使用有禮貌的說法：

- **Please try to think of others.**
  請替別人想想。

如何幫老闆擋推銷電話？

有時在公司會接到外國電話，想找公司經理投資或推銷，使得老闆不勝其擾，要我們過濾不必要的電話。

我想要說：「請問你想和我們經理討論什麼事？是有關業務還是投資？」「很抱歉，但我想他對那沒興趣。」

我這樣說： May I ask what's the regarding will you discuss with our manager? Is it about business or just investment? Sorry, but I think he won't be interested in that.

Debbie

商務上的電話往來，首重簡潔明確。好比妳想確認來電目的，其實只要問重點就好。妳看下面這句是不是簡潔得多：

- **May I ask what this is regarding?**
  請問有何貴幹？

而回絕對方時，語意要明確，否則以妳的說法 (I think...) 碰到很盧的推銷員，是不會管用的。建議妳說：

- **I'm sorry, but he doesn't take sales calls.**
  抱歉，他不接推銷電話。

15

怒！被扣薪水

被扣薪水的原因有很多，我該怎麼解釋？

雅玲

被扣錢可用 penalty 表示，這個可數名詞原指罰金，員工觸犯公司規則 像是遲到（come to work late）、早退（leave early），就必須從薪水裡面支付罰金，也就是被扣錢的意思。另外，dock、deduct 這兩個動詞也代表「扣錢」的動作。

- **Don't come to work late, or you'll be charged a penalty.**
  上班不要遲到，否則會被扣薪水。

- **I left work two minutes early one day, and I was docked a half hours' pay.**
  我有一天早了兩分鐘下班，就被扣半小時薪水。

被扣薪水的原因還可能是業績未達標準，或是工作出錯造成公司損失。

- **I missed the deadline, so they docked my pay.**
  我錯過期限，所以他們扣我的薪水。

- **I quoted the wrong price for an order, so the company is deducting the loss from my paycheck.**
  我有一筆訂單報價錯誤，所以公司扣我薪水來補償損失。

- **Whenever I miss my monthly sales quota, I get 10% deducted from my wages.**
  只要未達當月的業績標準，我就要被扣一成薪水。

除了扣薪，以後每個月都少拿一點的「減薪」則叫 (receive a) pay cut。

- **If business doesn't improve this quarter, all employees will receive a pay cut.**
  如果這一季的業績沒有起色，全體員工都要減薪。

薪水被扣任誰都會不爽，但加薪或升職可是多多益善。「加薪」的英文是 get a raise，「升遷」則是 get a promotion 或 get promoted。如果同事或親友被加薪或是獲得升遷，練習用以下的英文恭喜他吧！

- **Congratulations! I heard you got a promotion.**
  恭喜！聽說你升職了。

- **You got a raise? You rock!**
  你加薪了？你真棒！

我沒收到信用卡帳單

銀行通知家人說我未付當期帳款，而且已經產生利息（違約金）。我想向行員說「我沒有收到帳單。」請問銀行給我的「帳單」可以說是 bill 嗎？該如何跟銀行談判，不讓他們收取違約金？

Susan Liao

的確，銀行給你的「帳單」可以說成 bill，另一種常見說法則是 statement。帳單這麼多，有時會因為沒接到信用卡帳單而忘記付款。碰上這樣的狀況，你可以解釋：

● **I didn't receive my bill for that period.**
我並沒有收到當期帳單。

而且可以試著跟銀行的催收帳款人員求情，若你之前的紀錄良好，說不定違約金（penalty）可以有轉圜的餘地。

● **Since I didn't receive my statement and this is the first time this has happened, would it be possible to cancel the penalty?**
因為我沒收到帳單，這又是第一次發生，違約金可否取消？

要是銀行態度強硬，你可以跟銀行人員暗示你想剪卡，說不定可以讓銀行態度軟化：

● **Maybe I should just let this card go.**
或許我還是剪卡好了。

少管閒事！

我想問這些句子要怎麼說：「這跟你無關吧！」「你管太多了。」

Jennifer

「這跟你無關吧」的英文表達法要看情況，如果你的意思是對方雞婆多管閒事，就說：

● **This is none of your business.**
這不關你的事。

如果對方還是要干涉，你可以直接跟他講明白：

● **Mind your own business!**
少管閒事！

● **Stop sticking your nose in other people's business!**
不要再管別人的事情了！

A: **Have you slept with him yet?**
你跟他睡過沒？

B: **That's none of your business!**
不關你的事！

如果你要說的是這件事跟對方一點關係都沒有，要對方不必擔心，就說：

● **This has nothing to do with you.**
這跟你沒關係。

A: **Is it my fault you and Mom are getting divorced?**
你和媽媽離婚是不是我的錯？

B: **Of course not, Billy! It has nothing to do with you.**
當然不是，比利！跟你一點關係也沒有。

如何應付催款電話

我的公司有時會接到外國廠商來催款，但我是小角色，無法決定什麼，這時候我應該怎麼說呢？

Sue

不管是公司週轉困難，或是人為疏失發生拖延帳款的情況，面對催款的電話時，這幾個關鍵字先記在心裡。通常你會跟對方說，你並非負責的人（the person in charge），你可以將電話轉給財會部（accounting department），讓他們去對帳，看是否有匯款（wire）或轉帳（transfer）此交易款項的紀錄。

記住上列的關鍵字，那麼一通電話下來，你就可以把你的難處表明出來了。

● **The money wasn't wired?**
錢沒有匯進去嗎？

● **I'm sorry. The person in charge isn't at his desk.**
真抱歉。但負責的人現在不在位子上。

● **I'm sorry. The person in charge is off today.**
真抱歉。但負責的人今天請假。

● **I'm sorry. The person in charge is on another line.**
真抱歉。但負責的人現在正忙線中。

● **I'll ask accounting for you.**
我幫你問會計部。

● **Let me transfer you to accounting.**
我幫你把電話轉給財會部。

● **I know, but there's nothing I can do.**
我知道，但我也無能為力。

● **We'll transfer the money today.**
我們今天會轉帳。

全家都愛運動

我們全家都有運動的習慣，像是我爸會打太極練氣功，我媽媽每天游泳，偶爾去爬山，我喜歡騎腳踏車和慢跑……等種種運動習慣要怎麼用英文表達。

Paul

- **I get outside to exercise a few times a week.**
  我每週會到戶外運動好幾次。
- **Practicing tai chi can help the elderly stay healthy.**
  打太極拳有助於老年人維持健康。
- **People practice qigong every morning in the park.**
  每天早上都有人在公園練氣功。
- **I like to ride my bike on the riverside bike paths.**
  我喜歡沿著河岸自行車道騎腳踏車。
- **I jog three laps around the school track each evening.**
  我每天傍晚會到學校操場跑三圈。
- **Let's go hiking on Yangmingshan this weekend.**
  我們這個週末去爬陽明山吧。
- **How many laps did you swim at the pool?**
  你去游泳池來回游了幾趟？
- **I work out at the gym three nights a week.**
  我每週會有三個晚上到健身房運動。

打各種球

I play_____ with my friends every Wednesday night.
我每星期三晚上會跟朋友去打……。

badminton	羽毛球
tennis	網球
volleyball	排球
baseball	棒球
basketball	籃球

speed walking
健走

一般休閒運動

tai chi
太極拳

rollerblading
溜直排輪

working out
健身

bicycling
騎腳踏車

golf
高爾夫球

skateboarding
溜滑板

健身房運動課程

aqua aerobics
水中有氧

kickboxing
泰拳

（其實是源自泰拳的拳術運動，以抬腿飛踢為主要動作）

step training
階梯有氧訓練

circuit training
循環訓練

（包含有氧、局部鍛鍊的套裝運動流程，可自訂或由教練指定）

cycling
健身腳踏車

Latin dance
拉丁舞

aerobics
有氧運動

boxing
拳擊

Pilates
皮拉提斯

yoga
瑜伽

rock climbing
攀岩

hiking
爬山

rowing
划船

bowling
保齡球

swimming
游泳

jogging
慢跑

連美國人也想知道的 英文問題？

美容院美語

我朋友的美髮店有很多外國客人，請問要怎樣用英文服務？

Jennifer

討論髮型

最常遇到的服務要求不外就是燙頭髮（get a perm 或 have one's hair permed）與剪頭髮（get a haircut 或 cut one's hair）。若要用完整的句子來詢問，你可以說：

● **Do you want to leave your hair long or cut it short?**
你想要把頭髮留長還是剪短？

● **How long do you want your bangs?**
你的瀏海要留多長？

● **How about cutting your hair like the hairstyle in this picture?**
你覺得把頭髮剪成照片上這種髮型如何？

● **Do you want your hair straightened or permed?**
你要把頭髮燙直還是燙捲呢？

● **Do you want your hair layered / Do you want layers?**
你想打層次嗎？

洗頭

討論完髮型後，就可開始洗頭，這時以下的美語就要派上用場：

● **Let's go wash your hair first. Please come with me.**
我們先幫你洗頭。請跟我來。

沖洗頭髮時可能會用到以下幾句：

● **Could you scoot up / down a little bit, please?**
可不可以請你稍微向上／下挪一點？

● **Would you like conditioner?**
請問要不要潤髮乳？

● **Would you like a cream rinse?**
請問要不要潤絲？

按摩

洗髮又可以享受額外的按摩服務，這可是台灣理髮院的特色之一，所以按摩美語也在此一併介紹：

● **Where would you like me to massage more?**
請問還有哪裡要加強按摩？

● **Is this too strong?**
這樣太大力了嗎？

● **Is this strong enough?**
這樣力道夠嗎？

髮型建議

若是碰到對髮型沒有意見的顧客，設計師就要提供建議了。

● **I suggest you dye it...(color).**
我建議你染成……色。

● **You should get a wave perm. Your hair is thin and flat.**
你應該要彈性燙。你髮量少又塌塌的。

● **Your hair is so thick. I'll thin it a little for you.**
你的頭髮很多，我幫你打薄點。

大功告成之後，拿出鏡子讓顧客看看後面和側面，詢問對髮型是否滿意，接著指導如何整理頭髮與維持髮型。

● **Have a look at the back. What do you think?**
來看看後面。你覺得如何？

● **Would you like me to use hairspray?**
要不要噴定型液呢？

● **Rub in a little gel while your hair is still moist.**
在頭髮還有點濕的時候抹上一點髮膠。

● **Brush your bangs forward to get more shape.**
把瀏海往前梳比較有型。

建議髮型好用句：

I think a /an_____ hairstyle will suit you.
我覺得你適合……的髮型。

I recommend you get a /an _____ hairstyle.
我建議你剪個……的髮型。

● **distinctive** [dɪˋstɪŋktɪv] 有個性的
● **feminine** [ˋfɛmənɪn] 有女人味的
● **rebellious** [rɪˋbɛljəs] 叛逆的
● **trendy** [ˋtrɛndɪ] 流行的
● **energetic** [ˌɛnəˋdʒɛtɪk] 有精神的
● **simple** [ˋsɪmpəl] 簡單好整理的

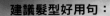

重修舊好

跟朋友吵架之後,對方一直不跟我說話,可是我希望能夠跟對方和好。我想說:「為什麼你都不理我?」

原原

有時候雖然事後和好了,心裡還是覺得有芥蒂,你可以這樣告訴對方:

- How come you're ignoring me?
  為什麼你都不理我?

- Why aren't you talking to me?
  你幹嘛不跟我說話?

- Are you still angry with me?
  你還在生我的氣嗎?

- I hope we can still be friends.
  我希望我們還能做朋友。

- What can I do to make things better between us?
  我該怎麼做才能修補我們之間的關係?

- I really value our friendship, so I hope you can forgive me.
  我很珍惜我們的友誼,所以我希望你能原諒我。

- Let's let bygones be bygones.
  我們就讓過去的成為過去吧。

撒嬌!

我想跟朋友描述我的女兒很甜,很會撒嬌。
我想說:我的女兒很甜。
我這樣說:My daughter is so sweet.

美方

你已經說得很好了。若要強調她很會「撒嬌」,可以學學以下說法:

- My daughter is such a sweetie.
  我的女兒超甜的。

- My daughter is so sweet.
  我的女兒好甜。

- She knows just how to wrap you around her finger.
  她很懂得如何撒嬌。

- She knows how to get her way.
  她很會討人喜歡。

若你所謂的撒嬌是指女兒「很會說話」,則可以說:

- My daughter has such a way with words.
  我的女兒很會說話。

「討厭!死相!」的英文?

有時在電視上會看到女生嬌滴滴地說「討厭!死相!」我想請問這樣的英文怎麼說?

Angela

這個問題可真是難倒我們的美籍編審了。探究之下,才發現原來美國男女之間的相處相當直接坦蕩,不習慣說違心之論。像台灣女生常說的「討厭!死相!」,其實並不是真的「討厭對方」,而是帶有撒嬌的感覺。然而在美國,如果男生很真誠地稱讚女生,女生通常會欣然接受。例如:

A: You're the coolest girl I've ever met.
   你是我見過最棒的女孩。

B: Thanks. That's really sweet.
   謝謝。你這樣說真窩心。

但如果男生的稱讚不太實際,只是想要討好對方,美國的女生可能就會給出不以為然地回答,例如:

A: You're the prettiest girl in the room.
   妳是這間屋子裡最漂亮的女生。

B: I wish. 但願如此。

而其他對別人稱讚表示懷疑的回答還有:

- Oh, please. 拜託。
- Yeah, right. 才怪

再不然就自己說出事實真相:

A: You're not fat! You're just right.
   妳不胖啊!妳這樣剛剛好。

B: That's so sweet of you to say, but I feel like a cow!
   你的嘴巴真甜,但我覺得自己重得像頭母牛!

就算是情侶之間,也會以甜言蜜語代替「討厭!死相!」:

A: You're so understanding. I'm lucky to have you.
   妳真是善解人意。我能跟妳在一起真是走運。

B: That's so sweet of you! I'm lucky to have you, too!
   你真窩心!我也很幸運能跟你在一起!

21

衣服美語

想請問「我喜歡的穿著打扮是低腰牛仔褲和寬鬆的衣服。」
該怎麼用英文表達呢？

Wendy

先回答妳的問題，這句話可說：

● I like to wear low-cut jeans and loose fitting clothes.
我喜歡穿低腰牛仔褲和寬鬆的衣服。

以下是其他談論服裝打扮的好用句：

● I'm afraid of getting a tan, so I always wear long sleeves and a hat.
我很怕曬黑，夏天出門都要戴遮陽帽、穿長袖。

● Due to my work, I have a closet full of dress shirts, suits and ties.
我因為工作需要，衣櫥裡大多是襯衫、西裝和領帶。

● Outside of work, I always wear sweats and sneakers.
我不必上班的日子都穿運動服和運動鞋。

● It's cold outside, so you should put on an overcoat and scarf.
外面好冷，你最好穿上大衣再圍上圍巾。

● Do you think I look good in skinny jeans?
你覺得我穿緊身牛仔褲好看嗎？

● I'm too short to wear bellbottoms.
我太矮了，不適合穿喇叭褲。

● I bought a bunch of high top boots last year, but this year low top boots are in fashion.
我去年買了一堆長靴，結果今年變成流行短靴。

● Wearing a knit jacket makes me look bloated.
我穿針織外套會顯得很臃腫。

● It would be rude to wear sandals to a wedding banquet.
穿涼鞋去吃喜酒不太禮貌。

● I'm wearing a baseball cap to cover up my bad haircut.
我戴棒球帽是因為頭髮剪壞了。

baseball cap
棒球帽

visor
遮陽帽

Fisherman's hat
漁夫帽

knit hat / knit beanie
毛線帽

fur coat
皮革外套

blazer
西裝外套

wool vest
毛背心

camisole
細肩帶背心

overcoat
大衣

hoodie
連帽衣

knit jacket
針織薄外套

tank top
無袖上衣，背心

straight-leg pants
直筒褲

slacks
西裝褲

pleated skirt
百摺裙

khakis
卡其褲

sneakers
運動鞋

miniskirt
迷你裙

high heels
高跟鞋

scarf 圍巾

pantyhose
絲襪

stockings
長襪

leather shoes
皮鞋

sandals
涼鞋

high / low top boots
靴子

腸胃愛作怪

我的腸胃很弱，上醫院十之八九都是因為腸胃炎，我想學一些討論病情，以及看腸胃科有關的英文。

魏達樂

說明病情

要說清楚腸胃發生什麼毛病，最好還要記住感染，發炎（infection）這個字，因為常見的腸胃疾病大多都源自於病菌感染。

The doctor's diagnosis is _____.
醫生的診斷是……

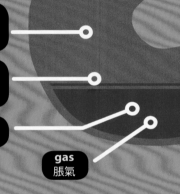

a stomach infection
胃炎

a severe intestinal infection 急性腸炎

a chronic [ˋkrɑnɪk] intestinal infection
慢性腸炎

gastroenteritis
腸胃炎

gas
脹氣

若記不住 diagnosis 這個字，你也可以直接說 The doctor said that...：

● **The doctor said that I have irritable bowel syndrome.**
醫生說我有腸躁症。

醫生找出病因之後，就到了打針和吃藥的時候：

● **The nurse gave me a shot for my pain.**
護士幫我打止痛針。

● **The nurse gave me an enema** [ˋɛnəmə].
護士幫我灌腸。

● **The doctor prescribed some stomach medicine.**
醫生開腸胃藥給我。

● **The doctor prescribed some anti-diarrhea medicine to take home.**
醫生開給我止瀉藥帶回家。

● **The doctor gave me some medicine for my gas.**
醫生給我治療脹氣的藥。

討論醫生的醫術

好不容易挨完這些痛苦，和朋友聊起此事，醫生的技術高明與否，自然是討論的主題之一：

● **The doctor couldn't find the cause of my condition.**
醫生一直找不出我的病因。

● **After I saw the doctor, the pain went away and I felt much better.**
看完醫生之後我就不痛了，也舒服多了。

● **I don't think that doctor is very qualified / good.**
我覺得那個醫生醫術不精。

看腸胃科好用句

萬一你在國外鬧肚子搞到要上醫院，以下這些句子應該會有幫助：

● **After I had seafood for lunch, my stomach started to hurt.**
我中午吃完海鮮，肚子就開始痛。

● **Because of my work schedule, it's hard for me to eat regularly.**
因為工作的關係，我常常不能準時吃飯。

● **I do drink coffee on an empty stomach sometimes, and I drink lots of coffee every day.**
我有時會空腹喝咖啡，而且我每天都喝很多咖啡。

● **What should I watch out for?**
我該注意哪些事項？

● **Are there any foods I should avoid eating?**
有哪些食物應該忌口？

● **How do I take this medicine?**
這種藥該如何服用？

23

買海鮮好用句

我想要在國外亞洲超市的生鮮部門採購食材，英文要怎麼說？

Sophia

以下是一些採買海鮮必備的句子：

- **Can you recommend a good fish for frying / baking / grilling?**
  可以幫我介紹適合油煎／燒烤的魚嗎？

- **Are there any fish / seafood specials today?**
  今天有任何魚／海鮮在特賣嗎？

- **How much are these shrimp / clams / oysters per pound?**
  這些蝦子／蛤蜊／牡蠣每磅多少錢？

- **How long will this kind of fish stay fresh?**
  這種魚可以保鮮多久？

- **Give me enough for four people.**
  請給我四人份。

- **Give me about four portions of mahi-mahi.**
  請給我約四人份的鬼頭刀。

歐美常見海鮮

cod
鱈魚

hake
狗鱈

flounder
鰈魚

swordfish
旗魚／馬林魚

salmon
鮭魚

catfish
鯰魚

haddock
黑線鱈

sardine
沙丁魚

sea bream
鯛魚

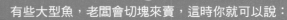

有些大型魚，老闆會切塊來賣，這時你就可以說：

- **I'd like a fillet of salmon / salmon steak.**
  我要一塊鮭魚片／鮭魚排。

salmon steak
鮭魚排

salmon fillet
鮭魚片

有些魚則是一尾尾地賣：

- **I'd like one red snapper.**
  我要一尾紅鯛。

你也可以直接說要多少磅：

- **I'd like two pounds of jumbo shrimp.**
  我要兩磅的明蝦。

以下是歐美不常見或較少食用的海鮮，但在介紹本地海產時用得到：

tuna
鮪魚

oysters
牡蠣

sea bass
鱸魚

monkfish
鮟鱇魚

milkfish
虱目魚

pomfret
鯧魚

mussels
淡菜

abalone
鮑魚／九孔

clams
蛤

grouper
石斑魚

sunfish
翻車魚

bonito
鰹魚／柴魚

scallops
扇貝／干貝

squid
烏賊

crab
螃蟹

octopus
章魚

jellyfish
水母／海蜇皮

cuttlefish
墨魚

eel
鰻魚

king crab
帝王蟹

sea urchin
海膽

sea cucumber
海參

anchovy
鯷魚

lobster
龍蝦

mackerel
鯖魚

shrimp
蝦

shad
鰣魚

mahi-mahi
鬼頭刀

臉型扁平還是立體

跟朋友討論電視上的外國明星，想要說： 1. 中西混血兒通常比較好看，輪廓較深，五官較立體。2. 韓國人一般來說五官不太立體，臉較平面的感覺。3. 他做了削骨手術。

Iris

雖說「外表不過是膚淺的東西」Beauty is only skin deep. 但是現在許多人更堅信——「美麗不是永恆，但醜陋絕對是永恆的」。受到日韓影響，台灣人整型的比率也越來越高。東方人一般來說，五官比較扁平，「扁平的」可以用 flat 這個形容詞。

● **Koreans usually have flatter faces.**
韓國人的臉通常比較扁平。

不過 EZ TALK 總編審要提醒大家，當面批評他人面貌很不厚道，私底下跟西方朋友聊天這麼說是可以接受的，但千萬不要當著其他人的面說這種話，而且我們黃種人的臉都較白種人扁平，說這樣的話其實沒什麼意思。

中西混血兒兼具東方細緻的骨架以及西方深邃的輪廓，難怪很多平面模特兒都是混血兒。你可以跟外國朋友這麼說：

● **Children born to mixed Chinese and Western parents are better looking.**
中西混血兒長得比較好看。

● **Their facial features are more pronounced.**
他們的五官輪廓比較立體。

「混血兒」英文常見的用法是 half..., half...，其中 half 當形容詞用，後面加上人種名詞，如葡萄牙人（Portuguese [ˋportʃə͵giz]）、日本人（Japanese）、西班牙人（Spanish）……等即可。英文 mixed-race 或 mixed-blood 也可以當作「混血兒」的形容詞，但有「混種」的歧視負面含意，應盡量避免使用。

● **He's half Chinese, half Japanese.**
他是中日混血。

● **There are more and more mixed-race children in Taiwan.**
台灣的混血兒越來越多了。

整型風近年大行其道，明星整容已經不稀奇，愛美的男女為了更有魅力，不惜砸下重金，忍受動刀的疼痛，做個人工美人。

● **He had bone contouring surgery.**
他做過削骨手術。

若是因車禍或是發生意外之故必須「顏面重建」，英文會說 have facial reconstruction surgery。

● **He had a car accident last month and had to have facial reconstruction surgery.**
他上個月發生車禍，必須動顏面重建手術。

幫我擦防曬乳

天氣越來越熱了，我想帶朋友去海邊玩，請教我一些說天氣好熱的英文。還有，我要怎麼拜託朋友幫我擦防曬乳啊？

Sunny

炎炎夏日好用句

- **It's scorching hot out there.**
  外面超熱。

- **It's sweltering outside.**
  外面好熱。

- **It's so hot that I'm melting.**
  熱到我都快融化了。

- **I'm burning up in this sun!**
  太陽這麼大，我快燒起來了！

- **I'm sweating like a pig.**
  我的汗如雨下。

- **It's hot as hell.**
  熱得跟地獄有得拼。

- **Be careful, or you'll get a nasty sunburn.**
  小心點，不然你會嚴重曬傷。

- **Be sure to wear a hat and sunglasses, and put on some sunscreen.**
  記得戴個帽子和太陽眼鏡，再抹點防曬乳。

抹防曬油好用句

- **Can you rub some suntan lotion on my back?**
  你可以幫我在背上擦防曬油嗎？

- **Would you like me to put some sunscreen on for you?**
  要我幫你擦防曬乳嗎？

- **I can't reach my back. Can you help me?**
  我搆不到背，可以幫我嗎？

海邊戲水重點字

- tan 為「棕褐色、曬黑的膚色」，而 get a tan 就是指「曬黑」。

- 動詞「做日光浴」拼寫為 sunbathe。

- 「太陽眼鏡」sunglasses 也可以說 shades。

手術恢復室英文

在病人剛開完刀推到恢復室的情境下，我要如何告訴對方這裡是什麼地方、時間和跟禁食……等有關的問題呢？

Joy Sung

若要問病人痛不痛，可以說：

- **Are you feeling any pain?**
  你會覺得痛嗎？

- **Are you in any pain?**
  你會不會痛？

有些手術會需要全身麻醉（general anesthesia），術後恢復較花時間。

- **Since you had a general anesthesia, you have to wait six hours before eating.**
  由於你是全身麻醉，必需等六個小時才能進食。

- **So you can have something to eat at twelve-thirty a.m.**
  所以你午夜十二點半過後才能吃東西。

- **So you can have something to eat just after midnight.**
  所以，你一過午夜就能進食。

至於半身麻醉，通常是指容易引發頭痛的脊髓麻醉（spinal anesthesia）。所以你可以這樣跟病人解釋：

- **You had spinal anesthesia, so you need to stay in bed for six hours.**
  你做的是脊髓麻醉，所以得在床上休息六個小時。

- **Otherwise, it's very likely that you'll get a headache.**
  否則很有可能會頭痛。

至於血壓、脈搏、呼吸、心跳等的「生命跡象」，在美語裡都用 vital signs 來指稱。

- **We need to keep you under observation in the recovery room for two hours.**
  我們必須留你在恢復室裡觀察兩個小時。

- **If your vital signs are stable, then we can move you back to your room.**
  如果你的生命跡象穩定，我們就會將你移回病房。

總算病人手術後的狀況相當穩定，接著就可以讓他離開恢復室了，這時你可以告訴他：

- **Your vital signs are stable, so we'll take you back to your room now.**
  你的生命跡象很穩定，所以我們現在要送你回病房。

- **Your condition is stable, so we'll take you back to your room now.**
  你的狀況很穩定，所以我們現在要送你回病房。

小朋友乖乖排隊

想要小朋友「不要推擠，注意安全，按照次序慢慢來。」可以說：For your safety, no pushing, and no shoving! Get in line, and wait till your turn. 嗎？

KK 老師

你說的都沒錯！可是對小朋友而言，這些句子聽起來都太兇了。如果不想用這麼嚴厲的口氣，你可以這樣說：

● **OK, everybody, time to line up.**
  好啦，各位小朋友，開始排隊。

● **Remember, no pushing and shoving—someone could get hurt.**
  記得，不要推擠，不然有人會受傷。

有些小朋友不守規矩，才剛排好隊就開始到處亂跑，甚至有人愛插隊，你可以說：

● **Be sure not to lose your place in line.**
  排好的位置不要亂了。

● **And no cutting.**
  還有別插隊。

用美語討論成績

回家要跟爸媽報告成績，我想要說「我的成績是 A+（或 A 或 A-）。」請問要怎麼用英文解釋呢？

RURU

在美國成績的計算有兩種常見方法，第一種是：得到九十分以上是 A；八十到八十九分是 B；七十到七十九分是 C；六十到六十九分是 D；不及格的則都是 F。而成績是沒有 E 的。

第二種則是看大家考試出來的平均值，考在平均值群組的成績會標 C，比平均值好一點的成績群組標 B，考最好的成績群組標 A；相反地，考得比平均值稍低的成績群組會標 D，成績最差群組的則標 F。

分數	等第	成績群組
90 以上	A	遠高於平均
80-89 分	B	稍高於平均
70-79 分	C	平均值
60-69 分	D	稍低於平均
60 以下	E	遠低於平均

至於老師在成績上標註的 A+ 或 A- 這些加減符號要怎麼念？其實很簡單，「+」要念 plus，「-」念 minus，所以「A+」就念成 A-plus，「A-」是 A-minus。

● **I got an A-plus on my English test.**
  我的英文測驗得了 A+。

不過有時候成績是直接打分數，因為滿分是一百，所以這種滿分為一百的分數，都是用 percent 來計量。你可以學起「I got + 分數 + percent on my + 科目 + test.」這個句型。

● **I got ninety-five percent on my English test.**
  我的英文考試得九十五分。

● **I got a hundred percent on my algebra test.**
  這次代數我考一百分。

或者直接把分數當名詞，但記得前面要加 a。

● **I got a ninety-five on my English test.**
  我的英文考試得九十五分。

● **I got a hundred on my algebra test.**
  這次代數我考一百分。

考試全過，我們常聽到大家用喔趴（all pass）來表示，但用美語說自己每科都順利過關，要這樣才正確：

● **I passed all my classes.**
  我每科都過了。

以下是學生說到成績常會用的句子：

● **I got straight A's this semester.**
  我這學期每一科都拿到 A。

● **I flunked my history class.**
  我歷史被當了。

爸媽食言而肥

我因工作忙，常常失信於小孩，兒子便常說：「你每次都這樣。」我想問「你每次都這樣。」的英文是不是 You do that every time.

Simon

當孩子滿心期待爸媽可以兌現諾言，為人父母者卻不得已讓小孩失望，小朋友就可以用這句話表達不滿：

● **You do this every time.**
　你每次都這樣。

除此之外，他們也可能會說：

● **You never keep your promises.**
　你都不守信用。

● **You never keep your word.**
　你都言而無信。

● **Why do you always break your word?**
　你為什麼老是食言而肥？

● **Why do you always let me down?**
　為什麼你每次都讓我失望？

如果你想要恢復在孩子心中的「信用評價」，不妨試試下面幾句：

● **I promise it won't happen again.**
　我保證不會有下次了。

● **I'll keep my word next time. I promise.**
　下次我一定說到做到。我保證。

● **I promise I won't let you down again.**
　我保證不會再讓你失望了。

● **Sorry, I'm too busy. Can you forgive me this time?**
　對不起，我太忙了。這次你可以原諒我嗎？

● **How can I make it up to you?**
　我要怎麼補償你？

● **I failed chemistry.**
　我化學不及格。

● **I got an F in chemistry.**
　我的化學當掉了。

若你是為人父母，該怎麼跟小孩討論成績呢？首先，當然就是要孩子把成績單拿出來，不然就是直接問成績。「成績單」的英文是 report card。

● **Where's your report card?**
　你的成績單呢？

● **What (grade) did you get in math?**
　你的數學成績如何？

講到成績（grade / score），就會有比較，但美國的學校沒有月考，所以同學幾乎不比名次，大多是比該科成績高低。

● **I got the highest / lowest grade in my class.**
　我是我班上的最高／低分。

成績進步，父母可以說：

● **You've improved!** 你進步了！

● **Your grades have improved!** 你成績進步了！

● **I'm so glad you're doing better in school.** 真開心你學業有進步。

● **Fantastic! You got the highest score / best grade on the test.**
　太好了！你這次考試考第一名。

成績退步，父母可以說：

● **Your English improved, but your math slipped.**
　你的英文進步，但數學退步了。

● **Your grades are slipping!**
　你的成績退步了！

● **Why'd you do so poorly on your test(s)?**
　怎麼考試考得這麼差？

● **How did you fail so many classes?**
　你怎麼這麼多科不及格？

● **You haven't been trying very hard recently.**
　你最近不太用功。

● **You need to study harder.**
　你要再用功一點。

「考一百分」除了說 I got a hundred percent on my⋯test. 也可以說 I got a perfect score on my⋯test.

默契十足好搭檔

有兩位同學在音樂課上合唱，唱得荒腔走板。我心想：他們真沒默契，英文可以說：They are so bad at harmony. 嗎？請告訴我正確的說法，還有這句可以適用在所有的情況下嗎？

Michael

我的天啊，要是合音合得不好，聽起來真的會讓人有魔音穿腦的感覺，看來他們不只沒默契，還有走音（off key）的嫌疑喔！

形容合唱時合音不好，通常會這樣說：

● **They can't sing in harmony.**
他們唱得很不和諧。

● **They don't harmonize well.**
他們的合音合得不太好。

「默契」視不同的關係或情況會有不同的英文說法，例如要形容男女一拍即合，或是演員彼此間很有火花，就可用化學作用（chemistry）來形容：

● **We went out on a date, but there was no chemistry.**
我們曾經出去約會，但沒什麼火花。

● **The actors had great chemistry on screen.**
這群演員班底有絕佳的螢幕默契。

rapport 也可表「默契」或「情誼」：

● **The professor has a good rapport with his students.**
這位教授和學生的互動良好。

若是要形容團隊默契，或是軍人同袍間的情誼，則可用袍澤之誼（camaraderie [ˌkɑməˋrɑdəri]）這個字：

● **There's excellent camaraderie among the teammates.**
這支隊伍的默契非常好。

形容彼此「心有靈犀」，即便沒有明說也知道對方在想什麼的這種「默契」，你可以這樣說：

● **Me and my boyfriend have an unspoken understanding not to criticize each other's friends.**
我和我男友有心照不宣的默契，絕對不會批評彼此的朋友。

合唱團小辭典

contralto [kənˋtrælto]	女低音
alto	女中音
soprano [səˋpræno]	女高音
bass	男低音
baritone [ˋbærəˌton]	男中音
tenor	男高音
conductor [kənˋdʌktə]	指揮
accompanist	伴奏

如何幫外國客戶電話留言？

請問如果有外國客戶來電，但是要找的整組人員都不在，我要如何表達？我想說：They are not in now. Maybe in meeting. 這樣說對不對啊？

Jessie

你的第一句說得不錯，但第二句應該要說 in a meeting。你可以說：

● **They're not in now. They may be in a meeting.**
他們目前不在。他們可能在開會。

但該接電話的人不在，這通電話還是得講下去，此時你會用到以下的句子：

● **Would you like to leave a message?**
您想留言嗎？

● **Hold on a second. Let me get a pen and paper.**
請等一下。我拿一下紙、筆。

● **OK. What's the message?**
好了。你要留什麼訊息給他？

● **Could you please spell that for me?**
麻煩你把那個字拼出來好嗎？

● **I'll have him / her call you back.**
我會請他／她回電。

「提議」表達法

我們與人談話時常常會說：「這樣好了，⋯⋯。」請問美語要如何表達類似的意思？是不是應該說：How about...?

曉嘉

表示「提議」的幾種說法

How about...? 的確是個不錯的說法，在提議時非常好用。

- **How about having the party at my house?**
  派對辦在我家如何？

或者你也可以說：

- **I know—we can have a picnic at the beach!**
  我知道了，我們可以在海灘野餐！
- **I've got an idea. We can pick up a pizza on the way home.**
  我有個主意。我們可以在回家的路上外帶一個披薩。

除此之外，Why don't we...? 也是不錯的表達法。

- **Why don't we catch a movie tonight?**
  我們今晚何不去看場電影？

Let's.... 雖然沒有那麼委婉，但也是個不錯的選擇：

- **Let's stay at home and watch TV tonight.**
  咱們今晚待在家裡看電視吧。

如何介紹中國吉祥話？

我在精品店打工，常有外國人跟我詢問有關中國風商品上的字面解釋，例如：緣分、花開富貴、歲歲平安、知足常樂、年年有餘、友誼長存，但我都不知道該如何解釋。

卡蘿

- **Is he a businessman?** 他是商人嗎？
- **Is she a student?** 她是學生嗎？
- **I think this would be perfect for him / her.**
  我覺得這個會很適合他／她。
- **These characters mean / stand for "peace and happiness."**
  這幾個中國字表示「平安喜樂」。
- **In Chinese, this is pronounced "gung-shi-fa-tsai."**
  這句的中文讀做「恭喜發財」。
- **Do you want me to write down the Chinese pronunciation?**
  要我用把中文發音寫給你嗎？
- **Do you want me to write down what it means in Chinese?**
  要我用把中文的意思寫給你嗎？

「緣分」一般用 destiny 或 fate 解釋，而且比較適合情侶相互饋贈：

- **These words stand for destiny, and usually mean that a man and woman are destined to be together.**
  這些字表示「緣分」，通常代表一對男女注定要在一起。

「花開富貴」重點就是「富貴」，如果你要把「花開」也說出來，就比較費工夫了：

- **The second part means "wealth and status."**
  後面兩個字表示「財富和地位」。
- **The first part means "flowers bloom."**
  前面兩個字表示「花開」。
- **You often hear this phrase during Chinese New Year.**
  這句吉祥話常在農曆年聽到。
- **Spring is the time when flowers bloom.**
  春天是花開的季節。
- **The hope is that your wealth and status will grow like flowers blooming in the spring.**
  希望在新的一年裡，你的財富和地位會像春天花朵一樣綻放。

至於「友誼長存」可以解釋為 everlasting friendship 或是 friends forever。而「歲歲平安」、「年年有餘」及「知足常樂」也是新年春聯常見的話，你可以這樣解釋：

- **Peace through the years.** 歲歲平安。
- **Prosperity through the years.** 年年有餘。
- **Happy is he who is content.** 知足常樂。

推銷中國藝品好用句：

- **Who is this a gift for?** 這是要給誰的禮物？

想按照字面意思把每句吉祥話都翻成英文，實在太累了，不如學些基本含意的講法，套用以下的句型，這樣外國朋友比較容易了解：

This is to wish you_____.
這表示「希望你／你們能⋯⋯。」

- **health** 健康
- **long life** 長壽
- **prosperity** 富有
- **peace** 平安
- **happiness** 快樂
- **smooth sailing** 一帆風順
- **luck** 幸運
- **success** 成功
- **a lucky and prosperous family life** 家庭幸福
- **long-lasting love** 白頭偕老
- **success in your studies** 學業進步

請問梅乾菜和乾燥香菇的英文

我想向外國人介紹梅乾菜和乾燥香菇,請問應該怎麼講才好?

蜂蜜樹

中式乾燥蔬菜

shiitake mushrooms
乾香菇

dried mustard greens
梅干菜

「梅乾菜」可以說 dried mustard greens:

● **Dried mustard greens are usually stewed with fatty pork.**
梅乾菜通常用來跟肥豬肉一起燉煮。

● **It may smell bad now, but it tastes delicious after it's stewed.**
它現在聞起來或許很可怕,但煮好之後可是人間美味。

dried golden lilies
金針

至於香菇的話,通常會用它的日文名字 shiitake 或 shiitake mushroom:

● **Dried shiitake mushrooms are an important ingredient in Taiwanese dishes.**
乾香菇是台灣料理中非常重要的食材。

dried black fungus
黑木耳

dried radish
蘿蔔乾

● **Before you cook them, you need to wash them with water.**
烹煮之前,要先用水洗過。

● **They're kind of chewy.**
它們嚼起來有點 Q。

dried white fungus
白木耳

dried bamboo shoots
筍乾

亂七八糟怎麼講?

今天上課國文老師說「亂七八糟」可以用 at sixes and sevens 表示,請問這樣說是對的嗎,可不可以說 in a mess?

Sandy

注意:at sixes and sevens 的確有混亂的意思,但這句英文極少聽到。要表示「亂七八糟」正如你所說,可以用 (in) a mess,但在不同的情況,還可以有不同的說法:

● **The room was in a mess.**
這個房間亂七八糟。

● **My hair is a total mess today.**
我的頭髮今天亂七八糟的。

● **That virus really messed up my computer.**
病毒把我的電腦搞得亂七八糟。

手機壞了

我的手機壞了，我告訴外國朋友 My cell phone was broken. 他卻告訴我應該說 My cell phone broke. 到底誰對誰錯呢？

小義

要告訴朋友手機壞了，應該說：
● **My cell phone broke.** 我的手機壞了。

或是用 be broken 也行：
● **My cell phone is broken.** 我的手機壞了。

你的說法最大的問題是時態，因為 My cell phone was broken. 表示「我的手機（過去）是壞的。」代表現在沒壞，應該可以打電話給你才對啊。接著再送你幾句相關的手機美語：

● **My cell phone died.**
  我的手機沒電了。

● **You can call me at home.**
  你可以打電話到我家。

扭蛋！扭蛋！扭扭樂！

我的家教小朋友很喜歡轉「扭蛋」（現在市面上風行的日本扭蛋機），有天問我英文怎麼說，我一時傻眼答不上來，可否告訴我「扭蛋」的英文？

Bob

扭蛋是什麼？上了年紀的人可能連「扭蛋」這兩個中文字是什麼都看不懂，所以先在這裡解釋一下。「扭蛋」其實就是電影或卡通漫畫的人物的小型玩偶（figure / figurine），在日本很流行，其正確名稱為 gashapon（得名於生產扭蛋的玩具公司），包裝在蛋型的盒子裡，在自動販賣機（vending machine）販賣，而要讓扭蛋從販賣機掉出來，必須有扭轉的動作，「扭蛋」之名便由此而來。因為扭蛋包裝成膠囊狀，所以英文又可稱為 toy capsule [ˋkæpsəl]。

● **I've been really into gashapon recently.**
  我最近迷上扭蛋。

● **I've collected capsule toys for years.**
  我已經收集扭蛋好幾年了。

扭蛋怎麼扭？
1. **Insert coins**
   投入硬幣。
2. **Turn the dial three times**
   往右轉三下。
3. **Take out capsule**
   取出扭蛋。

垃圾分類

倒垃圾都要做垃圾分類，我想知道「可回收」跟「不可回收類」，以及「大型廢棄物」該怎麼說？

Tina

垃圾總點名！垃圾分類中英對照：

不可回收 non-recyclable　　可回收 recyclable

paper
紙類

cans
鐵鋁罐

plastic
塑膠類

bulky waste
大型廢棄物

glass
玻璃

food waste
廚餘

您去倒垃圾的時候，或許會想跟左鄰右舍的外國人聊一聊：

● **Garbage needs to be sorted before it can be thrown away.**
  垃圾要先分類才能丟。

● **When does the garbage truck come?**
  垃圾車什麼時候來？

這裡順便跟各位介紹一下，美國處理垃圾的方式與台灣最大的不同，就是他們不必定時定點把垃圾拿出來倒。一般大城市的公寓大樓都有集中放置的大型分類垃圾桶，住戶可以隨時把垃圾丟進去，有人會定期來清理。另一種常見的處理方式，就是家家戶戶在自家門前或是院子裡擺放大垃圾桶，市政府每週會派垃圾車來清運垃圾，而費用是由市政府稅收來支付。

garbage truck 垃圾車

如何給寄宿家庭良好的第一印象？

要如何感謝寄宿家庭的招待？第一次見面要怎麼有禮貌的打招呼？我想說：「謝謝你們的招待，你們對我真好！」、「今後要打擾你們嚕！」

禎

住寄宿家庭（host family）是一種很好的學習經驗，不但可以練習英語會話，也可以就近觀察另一個國家的生活方式。當你剛抵達寄宿家庭時，可以跟「寄宿家庭的主人」host mother / host father 好好建立關係，先從一些客套話說起：

- **Thank you for having me.**
  謝謝你們的接待。

- **Here are some little presents I brought from Taiwan.**
  這是一些我從台灣帶來的小禮物。

- **I hope you like them.**
  希望你們會喜歡。

接下來，寄宿家庭應該會帶你認識環境，這時你可以以屋內的擺設裝潢為話題聊一聊：

- **Wow! You have a fireplace.**
  哇！你們有壁爐。

- **Taiwan has a really hot climate, so it's rare to see fireplaces in people's houses.**
  台灣的氣候炎熱，所以很少看到有人家裡有壁爐。

- **This quilt is beautiful. Did you make it yourself?**
  這條拼布好漂亮，是妳自己做的嗎？

- **You have so many CDs. What's your favorite kind of music?**
  你有好多 CD 喔。你最喜歡哪種類型的音樂？

- **Are all the people in this picture on the wall your family?**
  牆上這張照片裡都是你的家人嗎？

- **Is this a picture of you when you were young?**
  這張是你年輕時候的照片嗎？

等寄宿家庭帶你到你的房間，你可以謝謝他們為你準備的一切：

- **Thanks for hosting me. I really appreciate it.**
  謝謝你們的招待。真的很感謝。

- **Sorry for inconveniencing you this week.**
  很抱歉接下來這星期要打擾你們了。

接著，你可以跟寄宿家庭溝通生活習慣，比如是否有門禁？習慣的用餐、洗澡時間……，以免彼此打擾。

- **Excuse me. Do you usually shower in the morning or at night?**
  請問一下，你們通常習慣早上洗澡，還是晚上洗澡？

- **I'm used to taking a shower before I go to bed. I don't know if it'll bother you.**
  我習慣睡前洗澡，不知會不會打擾你們？

- **Is it OK if I take a shower early in the morning?**
  我可以一大清早洗澡嗎？

- **What time do you usually go to bed?**
  你們通常幾點就寢？

- **What time do you usually have dinner?**
  你們通常幾點吃晚餐？

- **Can I use the Internet now? I'll just be online for half an hour or so.**
  我可以借用電腦上網嗎？我只要用半個小時左右。

- **Can I make a long-distance call? I'll pay, of course.**
  我可以打一通長途電話嗎？當然，我會付電話費。

一般來說，寄宿家庭應該會為你準備一套盥洗用品，如果他們疏忽了，就直接開口：

- **Do you have a towel I could use?**
  可不可以給我一條毛巾？

- **Can I use the shampoo and soap in the bathroom?**
  浴室裡的洗髮精和肥皂我都可以用嗎？

住寄宿家庭是為了增進文化交流，不能只讓人侍候，你可以幫忙做些家事：

- **Let me help you with the dishes.**
  我來幫你洗碗。

- **I'd like to wash some clothes. Could you please show me how to use the washer and dryer?**
  我想要洗衣服。你能教我怎麼用洗衣機和烘衣機嗎？

- **I'd like to cook you something from my country. Are you free tomorrow night?**
  我想煮一些家鄉菜給你們吃，不知道你們明天晚上方不方便？

如果你想更周到一點，何不在出發到寄宿國家之前，先寫一封信向寄宿家庭打個招呼。

Dear Mr. and Mrs. Robinson,

I'm delighted that you will be taking me into your home. I'm looking forward to getting to know you and integrating into your family. I can't wait to experience what life is like in the States, and I'm sure staying with you will be a great way to start.

Please let me know ahead of time if you have any special requests or requirements of me. If you like tea or any other Taiwanese specialties, I would be happy to bring some!

Best wishes and looking forward to seeing you,
Mina Lin

親愛的羅賓森夫婦：

很高興你們願意接待我。我很期待認識並融入你們的家庭。真等不及要去體驗美國的生活方式了，相信你們的接待會是個好的開始。如果有什麼我需要特別注意的，請事先讓我知道。如果你們喜歡茶或者其他台灣特產，我也很樂意為你們帶去！

祝好，並期待與你見面，
林米娜

轟動武林，驚動萬教

請問「布袋戲」的英文怎麼說？我一直很想跟外國人介紹台灣特有的文化，英文中好像「刀劍」都是講成 sword？還有「氣功」除了用羅馬拼音翻譯外，有無其他方法解釋？「刀氣」和「劍氣」又該如何說呢？

洛子

「布袋戲」雖說是台灣特產，不過說穿了就是「玩偶」的一種，所以英文叫 puppet theater、puppet show 或 puppetry，而表演布袋戲的人就叫做 puppeteer。

至於「氣功」一詞，由於中國武術已到名揚四海的地步，所以「氣功」的英文就是拼音的 qigong，已經跟壽司（sushi）一樣到無人不知，無人不曉的境界。只要你這樣說就不用擔心別人聽不懂，不過你還是可以這樣解釋：

- **Qigong is a Chinese system of breathing and movement designed to develop and control qi, which is the body's vital energy.**
  「氣功」是中國包含呼吸和動作的一套方法，特別用來控制「氣」，也就是讓身體運作的能量。

劍跟刀的英文其實不一樣，「劍」是 sword「刀」是 knife。其實劍氣跟刀氣，基本上就是風嘛！只是因為耍刀弄劍的人如果內力（inner power）很強，掃出來的風就會比較強，甚至會有殺傷力，不過這些都是小說跟武俠片中的情節，現實社會中有誰真的被刀氣和劍氣所傷過？所以勸你還是別在劍氣、刀氣上鑽牛角尖，倒不如學學揮劍砍刀的動作，「揮」劍「砍」刀的動詞可以用 slash 和 cut，劍招的「一劍」也可以用 slash 來表示，以下節錄金庸小說《越女劍》英文版的一段英文翻譯，讓大家體會一下意境：

- **The swordsman in blue shouted and slashed his sword from the upper left corner straight downward.**
  藍衣劍客長嘯一聲，並從左上向下揮出一劍。

- **The slash was powerful and fast.**
  這一劍快又有力。

- **He returned two slashes.**
  他回敬兩劍。

- **He waved his sword lightly and blocked the attack.**
  他輕移一下劍就擋住了攻勢。

有意思吧！英文版連七孔流血（to bleed from seven holes）都找得到喔。所以下次想用英文介紹武功，你就……自己看著辦吧。

跟客人打招呼

當外籍客人走進我工作的服飾精品店，我想打招呼並請他自在地逛逛。此外，需要修改時該怎麼說較恰當？我想說：請慢慢看。我們可以為您修改。我說：Hi!! Let me know, if I can help you. / Should I alter for you? 請問說得對不對？

Bless You

你想說的第一句話，是想請客人慢慢看，你可以這麼向客人打招呼：

● **Hi. Please take your time.**
嗨。您慢慢看。

● **If you need any help, just let me know.**
如果有任何需要，叫我一聲就行了。

當客人有意購買，或者面露疑惑時，可以用以下店員必會的基本短句來詢問：

● **May I help you?**
有什麼可以效勞的嗎？

● **Can I help you find something?**
需要我幫你找什麼東西嗎？

至於幫客人修改衣服，你說 Should I alter for you? 並不正確，因為 alter 後面少了 it。想告知客人你們有修改服務，正確的說法應該是：

● **We can help you with any alterations.**
我們可以幫您做任何修改。

若客人真的拿東西來修改時，則可以利用 Would you like...? 這個句型，客氣詢問對方是否要修改。

● **Would you like me to alter it for you?**
要我幫您修改嗎？

追星族美語

假如遇到自己景仰的外國明星或演奏家，想請他簽名，該怎麼說呢？還有如果想請他留一些話勉勵自己，又該怎麼說？最後一個問題是，假如有禮物想請人代轉，如何用英文表示呢？

YINHUI

想請人簽名，要先學會「簽名」的名詞 autograph [ˈɔtəˌɡræf] 及動詞 sign，接下來就簡單了：

● **Could I have your autograph?**
我可以向你要簽名嗎？

● **Would you sign my T-shirt?**
可以請你在我的 T 恤上簽名嗎？

● **Could you write some words of encouragement?**
請寫一些勉勵的話好嗎？

若是想請別人代轉禮物，你可以這樣說：

● **Could you please give this gift to him for me?**
可以幫我將這個禮物轉交給他嗎？

詢問成績怎麼開口？

想問老師我的期末成績如何，我想說：「老師我期末成績是否很糟？」要怎麼用美語表達呢？

小麗

莘莘學子常為了各種大小考試，K 書 K 到焦頭爛額，好比早自習有週考（weekly test），上課有隨堂小考（pop quiz），加上期中考（midterm exam）、期末考（final exam），為了升學還要入學考試（entrance exam）及基本學力測驗（SAT，即 Standard Aptitude Test），當學生的無不怨聲載道，苦不堪言。

每逢大考，學生一定都有臨時抱佛腳（cram）和熬夜讀書（burn the midnight oil）的經驗。

● **If you cram for tests, you usually wind up forgetting everything you study after the test.**
如果為了考試臨時抱佛腳，往往考完就忘光了。

● **Jerry is burning the midnight oil because he's got a big test tomorrow.**
傑瑞在熬夜讀書，因為明天他有一場大考。

至於應付考試的另一個常見的作法，就是作弊（cheat）了。

● **Alex was kicked out of school because his teacher caught him cheating on the final exam.**
艾力克斯被退學了，因為他的老師逮到他期末考時作弊。

謝絕推銷！

常有老外來公司推銷產品、傳教、或化緣，我想說：「我們公司謝絕推銷任何產品！」「目前是上班時間，不接受宣傳教義，請離開！」

Candy

不管是推銷商品、傳教、化緣，或是為候選人宣傳，都是有求而來，英文裡這些行為都是用請求（solicit [sə`lɪsɪt]）這個動詞表示。想要避免這些事情，最簡單的方法，就是做個 No Soliciting（謝絕推銷）的牌子掛在門口。

若已經這麼做，卻還有人上門，你可以先客氣地請他離開：

● **I'm sorry. We don't allow any type of soliciting in our office.**
很抱歉。我們公司不接受任何推銷。

若對方屢勸不聽，只好撂狠話：

● **I have to ask you to leave.**
我必須請你離開。

還是賴著不走，就使出最後手段——叫警衛：

● **Security!**
警衛！

你是做什麼的？

有個朋友問我是做什麼的？我想跟他說：我在警察局工作，我是電腦操作員。

Rosie Leung

要問人家的職業，有很多種說法：

● **What do you do?**
你是做什麼的？

● **What do you do for a living?**
你靠什麼維持生計？

● **What's your occupation?**
你的職業是什麼？

「警察局」的英文 police office / station 你應該已經會了，你想說的句子就是：

● **I'm a computer operator at a police station.**
我在警察局裡當電腦操作員。

如果挑燈夜戰成效不彰，考試時又沒膽把小抄（cheat sheet）拿出來，考完後只好硬著頭皮主動出擊，向老師詢問成績，看有沒有轉圜的餘地。你有以下幾種問法：

● **Excuse me, teacher. Can I ask a question?**
不好意思，老師。可以請教一個問題嗎？

● **How did I do on the final exam?**
我這次期末考成績如何？

● **Did I do poorly on the test?**
我是不是考得不好？

「考試不及格」英文可以用 fail 或 flunk 這兩個動詞：

● **Did I flunk the test?**
我考試不及格嗎？

● **He failed most of his finals and had to leave school.**
他期末考太多科不及格被迫退學。

萬一老師面色凝重，告訴你成績岌岌可危，你想要拜託老師大人有大量，再給你一次補考的機會，以下幾句絕對派得上用場：

● **Can I retake the test?**
● **Can I make up the test?**
● **Can I take the test again?**
我可以再重考一次嗎？

考試被當太多科，恐怕難逃留級、退學或是重修的命運。某個科目被當掉，需要「重修」，也是用 retake 這個動詞。

● **I have to retake the course next year.**
我明年必須重修這一科。

「留級」則是 hold back，必須以人為主詞，用被動態造句：

● **Jenny was held back last year.**
珍妮去年被留級。

另外 flunk out of school 是指因為「考試不及格而被學校退學」。注意，這個動詞片語比較特殊，以人做主詞，主動或被動態皆可。

● **Paul flunked out of school.**
保羅成績太差從學校退學。（主動態）

● **Paul was flunked out of school.**
保羅因為成績太差被退學。（被動態）

若是因行為不檢、打架鬧事遭到退學，英文要用動詞 expel 造被動句型。

● **Chris was expelled from school for misconduct.**
克里斯因為行為不檢而遭退學。

五花八門的牛仔褲

我想知道一些跟牛仔褲有關的說法，好比「中腰」、「低腰」、「直筒」、「大喇叭」、「小喇叭」等牛仔褲用語怎麼說？還有我想說：「我想要有刷白，顏色不要太深的低腰小喇叭。」

小魚

想買牛仔褲，這樣說就對了！

● **I'd like to buy a pair of** 樣式／顏色 褲款.
  我要買一條 樣式／顏色 的 褲款 牛仔褲。

  I'd like to buy a pair of indigo ankle jeans.
  我想買一條靛藍色的反摺褲。

所以你想說的可以這麼表達：

● **I want a pair of light colored, white washed, low waist flared jeans.**
  我想要一條淺色刷白的低腰小喇叭褲。

很多人出國常去買名牌牛仔褲，但買牛仔褲時，除了知道型號外，也常要說明腰圍（waist）和褲長（inseam），而且在美國要用英寸（inch）表示。

● **I want a pair of Levi's 501s with a twenty-eight inch waist and a thirty-two inch inseam.**
  我要一件 Levis 501 牛仔褲，腰圍二十八吋，褲長三十二吋的。

A vintage 復古的
這種褲款沒有特殊剪裁及布面處理，褲型古樸，顏色自然

B distressed 砂洗的
故意把局部布面洗薄，露出毛毛鬚鬚的紗線

C destroyed 有破洞的

D stonewashed 石洗的
故意把布面洗舊、顏色洗淡

E dark wash 深刷色
用深色布料製做的褲子

F light wash 淺刷色
用淺色布料製做的褲子

G indigo 靛藍色

H sheen 帶有光澤感的

1 **low waist jeans 低腰褲**
依照褲腰高低來做區分，是褲子最基本的分類。「低腰褲」也稱作 hip huggers。

2 **mid waist jeans 中腰褲**

3 **high waist jeans 高腰褲**

4 **straight leg jeans 直筒褲**
褲筒上下一樣寬，是最經典的褲款。

5 **bell bottom jeans 大喇叭褲**

6 **flared jeans 小喇叭褲**
褲腳呈喇叭狀展開，能修飾腿型。

7 **boot cut jeans 靴型褲**
靴型褲類似小喇叭褲，即大腿部位合身，膝蓋以下略微展開，弧度剛好能蓋住靴子的鞋筒。

8 **boyfriend jeans 男孩風寬版褲**
褲子的版型較寬，就像女生穿男朋友的褲子般，因而得名。也稱作 boy cut jeans。

9 **cuffed jeans 反摺褲**
褲筒寬度特別設計，讓反摺後的褲腳不會往上縮，仍保持自然平直。

10 **ankle jeans 九分褲**
長度到腳踝左右的褲款。

11 **Capri jeans 五分褲／七分褲**
從膝蓋到小腿肚長度的褲款。

12 **baggy jeans 垮褲**
寬大鬆散的褲筒，是許多年輕人喜愛的款式。

13 **slim fit jeans 合身褲**
因褲管合身，腿部纖細的高挑女生穿起來會更加修長。又稱為 skinny jeans。

14 **legging jeans 緊身褲**
褲款超合身，適合體型纖瘦的人。一般人可以當作內搭褲。

15 **carpenter jeans 木匠褲**
顧名思義，原本是做給木匠穿的，所以褲管較寬鬆，大腿側邊設計還有大口袋。

16 **loose jeans 寬版褲**

17 **jean shorts 牛仔短褲**

雙語運將生意強強滾！

我是個計程車司機，常常看到路邊有外國人要招計程車，但是又怕語言不通，所以不敢載。不過最近生意越來越難做，還是得突破心防，做做外國人的生意，所以我想請問是否可以教我幾句簡單的句子來應付外國乘客。」

運將 史得快

身為計程車司機，除了要具備純熟的駕駛技術跟行車道德外，若是能會幾句外語，必定更是如虎添翼，管他土洋生意通通可以做。現在計程車幾乎都有叫車服務，EZ TALK 在此先幫無線電總機做好行前教育，若是老外打電話叫車，不外如此說道：

● **I need a taxi.**
　我要叫一輛計程車。

● **Please send me a cab.**
　請派一輛計程車來。

而實際負責接送的運將也可主動出擊，除了在路上按喇叭引人注意外，不妨搖下車窗問一句：

● **Do you need a taxi?**
　你要搭計程車嗎？

要是對方是一群人，可能載不下的話，不妨事先聲明：

● **I can only take four passengers.**
　我只能載四名乘客。

要是車子夠大，那就別客氣了：

● **There's room for everyone.**
　大家都坐得下。

客人上車後，通常會主動告知地點，不過你也可以先發問：

● **Where to?**
　去哪兒？

● **Where would you like to go?**
　你想去哪裡？

● **Where can I take you?**
　要我載你去哪裡？

如果乘客要去的地方你不是很熟，打開衛星導航之前，不妨先問問：

● **Do you know how to get there?**
　你知道要怎麼走嗎？

● **Do you have the address?**
　你有地址嗎？

● **I'll drive. You give directions.**
　我開車。你指路。

我最嚮往的行業

我最嚮往的行業是「電視購物專家」，外國朋友聽到我想在電視上賣東西，都覺得很奇怪，我想說：「這是一個很有趣、也很有挑戰性的工作」、「很多退休明星和新聞主播都選擇以此行業再出發」、「如果做得成功，可以名利雙收」、「我之前打工賣衣服，發現自己很有親和力和說服力。」

小利菁

「電視購物專家」其實就是電視購物頻道主持人（shopping channel host），近幾年來，這個曝光度超高的工作越來越受矚目，儼然成為一種熱門行業。你想要學的句子在這裡：

● **This is an interesting and challenging job.**
　這是一個既有趣、又有挑戰性的工作。

● **A lot of retired stars and news anchors choose to enter this line of work.**
　很多退休明星和新聞主播都選擇進入這個行業。

若中途要變更行車路線，也可告知：

● **I'm taking a shortcut.**
　我要走捷徑。

要是運氣不好碰到塞車，就跟他解釋開不快的原因：

● **Traffic is really heavy today.**
　今天交通真塞。

● **There was probably an accident up ahead.**
　前面大概有車禍。

到達目的地後，就是收車錢啦：

● **The fare is three hundred and fifty NT.**
　車資是三百五十元。

在美國搭計程車與台灣最大的差別，就是在美國要付小費。通常小費都是車資的百分之十到百分之十五，若有行李要請司機放到後車廂（trunk）的話，通常每件還須另付一塊美金當小費。

- **If you're successful, you can become rich and famous.**
  如果你做得成功，可以名利雙收。

- **You may even be able to get a book deal or become a variety show host.**
  你甚至可以出書，或成為綜藝節目主持人。

- **I sold clothes before, and discovered that I have a real ability to connect with people and convince them to buy things.**
  我以前賣過衣服，發現自己很有親和力，很會說服人買東西。

- **A lot of people were just window-shopping, but they would end up buying things from me.**
  很多人原本只想隨便看看，但到最後都會跟我買東西。

- **I know that if I worked as a shopping channel host, I'd definitely do a good job.**
  我知道如果我去做購物頻道主持人，一定會很做的很好。

depart、go out 和 leave 的差別

我為了學習英語會話，報名參加一個全由外籍人士授課的課程，但我卻難以用有限的會話能力問英文用法的問題。比如我想問：「在 It is time we gone out. 中，可否以 departed 代替 gone out？」我說成：Can I use "departed" "replace" "gone out"? 這樣正確嗎？

King

你可以說：
- **Can I use "departed" instead of "gone out"?**
- **Can I replace "gone out" with "departed."**
  我可否以 departed 代替 gone out？

但是你寫的這個句子 It is time we gone out. 是錯誤的，你應該說：It is time we went out.

既然你都這麼問了，EZ TALK 就來替大家解釋一下 depart 這個字的用法。depart 跟 go out 或 leave 相較，是比較隆重的字，常用在大眾交通工具，如飛機、巴士、火車、船隻上，也就是一大堆人一起出發，不太會用在個人身上，說出 I'm departing now. 這種句子會很奇怪。

- **The train will depart in ten minutes.**
  火車再十分鐘會開。

- **The boat will depart after all the passengers have boarded.**
  這艘船會在全部乘客登船後啟程。

- **The plane will be departing at seven o'clock.**
  飛機會在七點起飛。

- **The tour group is departing now, so hurry up.**
  旅行團現在要出發了，動作快一點。

二輪片？預告片？

請問美國有「二輪電影院」嗎？有的話，英文是什麼？還有「預告片」的英文是什麼？

此外，請告訴我以下句子的正確說法：1.《諾亞方舟》這片子今天幾點放映啊？2. 我看過《諾亞方舟》的預告片了，感覺蠻好看的。3. 我們去看二輪片吧，比較便宜。4. 這部片是輔導級還是限制級？

Renee

「二輪片」是 second-run movie，而「二輪電影院」是 second-run theater。「預告片」則是 preview 或 trailer。以下是你問的四個句子：

- **When is *Noah* showing today?**
  《諾亞方舟》這片子今天幾點放映？

- **I saw the trailer for *Noah*, and it looks like a good movie.**
  我看過《諾亞方舟》的預告片了，似乎是部不錯的電影。

- **Let's go to a second-run theater. It's cheaper.**
  我們去二輪電影院吧，比較便宜。

- **Is this movie rated PG or R?**
  這部片是輔導級還是限制級？

go out 可表示「出家門」，例如：

- **Be sure to take an umbrella if you go out.**
  要出門的話一定要記得帶傘。

不過這個片語通常是指出去玩，或是為了特定目的而出門：

- **We're going out to the movies tonight.**
  我們今晚要出去看電影。

- **I'm going out to buy a pack of cigarettes.**
  我要出門買包香菸。

go out 還可表「出去約會」的意思：

- **I hear that Dave and Cindy are going out.**
  我聽說戴夫和辛蒂在約會。

leave 則比 go out 精確表示是要「離開」，而且不只是出去一下。此外，leave 不只可以表示「離開一個地方」，還可以用來表示「離開一個人」。

- **Michael is leaving for college next month.**
  麥可下個月要離家去上大學了。

- **My wife left me last week.**
  我太太上星期離開我了。

英語發音英文教學

我正在備課要教小朋友音標，卻不知發音部位的英文要怎麼說？還有一些上課的秩序管理也想用英文表達，請問要怎麼說呢？

黃老師

簡潔有力命令句

● **Sit down!** 坐下！

● **Be quiet!** 安靜！

● **Line up!** 排好隊！

● **Attention!** 注意！

● **Listen to me!** 聽這裡！

● **Come over here!** 到這裡來！

● **Go back to your seat!** 回座位！

● **Everybody read out loud!** 一起大聲唸！

● **Everybody hand in your homework!**
全都把功課交上來！

● **Everybody stand up.** 全部站起來。

● **Stop talking.** 不要講話。

● **Open your books to page twenty.**
翻開課本第二十頁。

● **Put your books away.** 把書收起來。

● **Class dismissed.** 下課。

管理秩序

正所謂「囝仔人屁股三斗火」，小朋友的注意力真的很難超過十分鐘，上課中總有變不完的把戲，這時老師可用以下句子管理秩序：

● **Sit up straight.** 好好坐直。

● **Don't rock your chair.** 不要搖椅子。

● **No talking in class.** 上課不要說話。

● **Don't write on your desk.** 不要在書桌上亂畫。

● **Don't throw paper airplanes.** 不要丟紙飛機。

● **Pay attention!** 要專心！

先給學生一點警告或是訂下規則，也許能降低犯錯率。

● **Hey, I'm watching you.**
嘿，我在注意你了。

● **If I write your name on the board three times, you'll be given extra homework.**
誰的名字被我記在黑板上三次，就要寫多一點功課。

快抄筆記

請學生把上課重點抄下來時，老師也可順便提醒字要端正和保持簿本整潔。

● **Please take out your notebooks / textbooks.**
請拿出你們的筆記本／課本。

● **Write the sentences / words down in your notebooks.**
把句子／字寫在筆記本上。

● **Please write neatly.**
字要寫整齊。

● **Please keep your textbook in good condition.**
請保持課本整潔。

維持考試秩序

有上課就有考試，要考試時老師會說：

● **Please put away your books and get ready for the test.**
請把書收起來準備考試。

● **Can you sit over here / there, please?**
請你坐到這／那裡，好嗎？

- **No talking or peeking during the test.**
  考試時不可以說話、不可以偷看。

- **Please pass out the test papers.**
  請把考卷發下去。

- **Raise your hand if you have any questions.**
  如果有問題請舉手。

- **You have 30 minutes to finish the test.**
  你有三十分鐘的時間寫考卷。

處罰學生

老師苦口婆心地講，學生卻照樣犯錯，要如何讓他們不重蹈覆轍呢？小處罰或許能發揮效果。

- **Write the correct answer ten times in your notebook.**
  在筆記本上寫十遍正確答案。

- **Go stand outside the classroom for ten minutes.**
  到教室外面罰站十分鐘。

- **Tonight's homework is to copy Lesson Ten three times in your notebook.**
  你今天的回家功課是在筆記本上把第十課抄三遍。

- **I'll tell your parents what you did today.**
  我要告訴你爸媽你今天做的好事。

音標教學

教發音，得先介紹幾個發音器官：

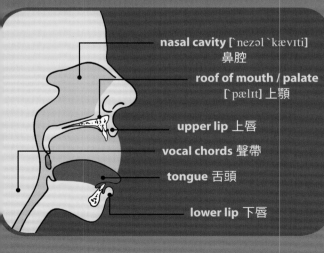

nasal cavity [ˈnezəl ˈkævɪti]
鼻腔

roof of mouth / palate
[ˈpælɪt] 上顎

upper lip 上唇

vocal chords 聲帶

tongue 舌頭

lower lip 下唇

接著運用上面這些字搭配以下句型來教學：

- **Push out with your upper and lower lips to say [p].**
  發 [p] 的聲音時要用上下唇噴氣。

- **Touch your upper teeth with the tip of your tongue to say [l].**
  發 [l] 的音時，舌頭頂住上門齒後方。

- **Put your tongue in between your teeth to say [θ].**
  發 [θ] 的音時，舌頭放在上下牙齒之間。

教學遇到挫折

想跟外國朋友說：「自己的工作（教書）遇到一些挫折，還未進入狀況。」也想表達「老師若不珍惜自己的聲音，教學壽命是很有限的。」

Catherine

萬事起頭難，剛開始進入一個新環境，從事新工作，難免會遇到較多困難，感到挫折，「挫折」的英文是 setback：

- **I've had some setbacks at work.**
  我在工作上有些挫折。

或者你也可以說：

- **Work has been really frustrating lately.**
  工作最近實在令我感到挫折。

- **I'm not up to speed at work yet.**
  我工作上還沒有進入狀況。

- **I'm having trouble adapting to my new job.**
  我不太能適應我的新工作。

- **If teachers want to have a long career, they need to take good care of their voices.**
  如果老師想要長期以此為業，就必須好好保養聲音。

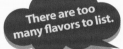

There are too many flavors to list.

族繁不及備載

當要表示「有太多類似的情形」，如在提供食物選項時種類太多無法一一列舉，想說中文的「族繁不及備載」，我認為是這樣說：There are too many...that I can't list them all.

Allie

其實你的說法再做一點修正就正確了，就是當中的 too 改成 so：

- **There are so many...that I can't list them all.**
  ……多到我無法一一列舉。

不過還有一個更短的表達句型，就是 There are too many...to list. 所以你可以這麼說：

- **There are too many flavors to list.**
  有太多口味不及備載。

43

防疫第一線美語

我想請教關於流感症狀及幫人量體溫的美語。

平安

萬一出國旅遊發現身體不舒服，可以這樣表達：

● **I have a fever and a headache.**
我發燒而且頭痛。

● **My muscles are sore.**
我的肌肉痠痛。

● **I have a nasty cough.**
我咳得很厲害。

● **I have a dry cough.**
我一直乾咳。

若是在台灣的外國友人有類似症狀，你可以幫忙量一下體溫，萬一發燒了，可得要他趕快去看醫生：

● **Your temperature is normal.**
你的體溫正常。

● **Your temperature is over thirty-eight degrees.**
你的體溫超過三十八度。

● **You have a fever? You should see a doctor right away!**
你發燒了？你該趕快去看醫生！

● **Be sure to drink lots of fluids and get plenty of rest.**
要多喝水多休息。

隔離

流感會有潛伏期（incubation [ˌɪnkjəˈbeʃən] period），若是有從疫區回來的人士，在這陣子都得被隔離（quarantine [ˈkwɔrənˌtin]）或自行在家居家隔離（home quarantine）。

● **A lot of people are under quarantine because of the avian flu.**
有很多人都因為禽流感而被隔離。

● **Quarantine lasts ten days.**
隔離要花上十天。

● **If you're quarantined, you can't leave your house.**
如果被隔離的話就不能出門。

防疫

雖然被隔離的人不少，但社會上更多人得面對的，就是透過戴口罩和量體溫來防疫。萬一碰上外籍友人的好心詢問，你可以這樣回答：

● **Don't worry—I wear a mask whenever I go out.**
別擔心——我出門都有戴口罩。

● **I wash my hands many times a day.**
我一天都會洗好幾次手。

● **These days, you have to get your temperature checked wherever you go.**
這陣子到哪裡都得量體溫。

● **You even have to wear a mask in many public places like the MRT.**
在很多公共場所，好比捷運，甚至規定要戴口罩。

而在電梯裡，為避免流感透過飛沫傳染，也可以提醒一下：

● **Please don't talk in the elevator.**
電梯內請勿交談。

流感症狀字彙

• fever 發燒
• cough 咳嗽
• sore throat 喉嚨痛
• runny nose 流鼻水
• stuffy nose 鼻塞
• headache 頭痛
• muscle ache 肌肉痠痛
• fatigue 疲勞
• dizziness 暈眩
• chills 發冷
• nausea 噁心
• shortness of breath 呼吸急促

流感相關字彙

• virus 病毒
• carrier 帶原者
• host 宿主
• infect 感染
• droplet [ˈdrɑplɪt] transmission 飛沫傳染
• contact transmission 接觸傳染

醫療相關字彙

• healthcare workers 醫護人員
• intubation [ˌɪntuˈbeʃən] 插管治療
• vaccine [vækˈsin] 疫苗
• isolation ward 隔離病房
• epidemic [ˌɛpəˈdɛmɪk] 流行疾病
• infectious disease 傳染病

幾年幾班怎麼說？

我想請問「班級」的英文該如何說，如五年甲班或五年一班？

Zoe

「班級」的英文就是 class，而要說幾年級，只要將年級數用序數的念法即可，比如說五年級就是 fifth grade。所以「五年一班」可以說 class one of fifth grade。不過美國小學的班級通常是以老師來區分，例如：

● **I'm in Miss Johnson's class.**
  我在強森老師的班。

● **Danny is in the eighth grade.**
  丹尼是八年級生。

● **Lisa is a sixth-grade student.**
  麗莎是六年級生。

● **Bobby is a third-grader.**
  波比是三年級生。

而在美國大學或其他高等學校時，通常同班的同學就是同屆的學生，例如 freshman class 就是「一年級」，而 senior class 就是「高年級」。

● **Martin is a junior in high school.**
  馬丁是高中新生。

● **We got married in our sophomore year of college.**
  我們大學二年級就結婚了。

大學年級稱呼

年級	稱呼
大一	freshman
大二	sophomore
大三	junior
大四	senior

美國高中分級制度

美國高中有分三年制與四年制，目前多為四年，所以 senior class 在三年制學校裡代表高三，在四年制學校裡代表高四。

合則來，不合則去

朋友之間「合則來，不合則去」的英文怎麼說？還有英文有「緣分」的說法嗎？

Ivy

朋友之間「合則來，不合則去」，可以簡單地說一句 You can't force friendship. 表示「友誼無法強求而來。」

除了友誼，生命中也有很多事情是無法強求的，你可以這麼說：

● **There are a lot of things in life that are out of our control.**
  生命中有很多事情是無法強求的。

● **Just take things as they come.**
  就順其自然吧。

跟人合不合得來，中國人喜歡用「緣分」來解釋，其實緣分是指兩件事，「緣」是指機會，「分」則是指情感。

● **We were meant to be friends, not lovers.**
  我們有緣無分。

如果要表達情侶是否有「緣」，你可以使用 be destined 或 be meant to be (together)：

● **We're destined to be together.**
  我們註定要在一起。

● **We're meant to be together.**
  我們註定要在一起。

● **I guess we were just never meant to be.**
  我想我們就是無緣。

另外還有一個片語 be meant / made for each other，意思也是一樣：

● **Ron and Stella were just made for each other.**
  榮恩和史黛拉真是天生一對。

● **I think those two were meant for each other.**
  我認為那兩個人簡直就是天作之合。

德範長存，駕鶴西歸

您好，有一次上課時突然想到幾個問題：「春聯」是 couplet，那輓聯呢？美國人好像沒有寫輓聯的文化，是不是就沒有這個英文字呢？有關葬禮的字詞可否順便介紹一下呢？雖然有點毛毛的，但還是很好奇，想知道外國葬禮是什麼樣子。

好奇寶寶

美國跟台灣葬禮（funeral）文化比起來可真是大不同！美國的葬禮儀式簡單肅穆，教堂或殯儀館的停棺處只看得到鮮花遺照，並沒有台灣靈堂掛滿各界輓聯的景象，所以美語當中的確找不到「輓聯」這個字。不過，輓聯的功能類似頌詞（eulogy [ˋjuləʤɪ]），所以你可以這樣跟美國朋友解釋：

● *A wan lien*, or funeral scroll, is a kind of eulogy written in Chinese calligraphy on a white cloth.
「輓聯」就是一種用毛筆寫在白布上的頌詞。

● They're written by close family and friends or well-known political or public figures to express grief at a person's parting.
輓聯是由親朋好友或政黨名流寫給死者，用以表示哀悼。

殯葬禮儀師

再來談談殯葬禮儀師（funeral director），在美國也稱做 mortician [mɔrˋtɪʃən]。他們會根據死者親友的希望，辦理包括防腐處理在內的一切葬禮手續。因為必須為死者進行防腐處理，美國的葬儀人員都需大學畢業，且要取得執業資格。所謂防腐處理，是從死者身上抽去血液跟體液，同時注入防腐劑，接著再將因事故受傷的軀體，或因病憔悴的臉復原、上妝，使其盡量接近生前的樣子。

殯儀館會根據死者親屬的預算，挑選合適的棺材（coffin，或稱 casket），以及運遺體的靈車（hearse [hɜs]），並根據要求來設計葬禮。有些喪家會在葬禮前或葬禮後，在家舉辦小型宴會，招待參加葬禮的親朋好友，這種宴會叫 reception，大家趁此齊聚一堂，聊天並懷念死者。

有部影集《六呎風雲》（*Six Feet Under*），故事就是以 funeral home 為中心，大家不妨去租來看看，可以了解更多美國的殯葬習俗。

birthday 和 birth date 的差別

請問 birthday 和 birth date 的用法為何？不同在哪裡？
小玉

birthday 通常用在一般生活對話中：

● When is your birthday?
你的生日是哪天？

● My birthday is tomorrow.
明天是我的生日。

birth date 也叫 date of birth，用在比較正式的場合，常見於表格之中，或是政府人員、銀行人員要詢問你的「出生日期」時才會用到，指的是你確切的出生日：

● You didn't fill in the blank for your birth date.
你沒有填「出生日期」這一欄。

生日快樂好用句

● Happy birthday, John!
生日快樂，約翰！

● Make a wish and blow out the candles!
許願，然後吹蠟燭！

● We all chipped in and got you a little something.
我們大家合資買了點東西送你。

● [sing] For he's a jolly good fellow (repeat three times)...which nobody can deny.
（唱歌）他是個好朋友（重複三遍）這一點無人可否認。

funeral 當名詞,指「葬禮,出殯」。

● **When is Tyler's funeral?**
泰勒的葬禮是甚麼時候?

funeral 也可當形容詞使用,如要問美國的「殯葬習俗」,就是 funeral customs。在美國,一個人從往生(pass away)到舉行葬禮,通常會有以下四個步驟:

送進殯儀館
一個人一往生就會被送到殯儀館(mortuary [ˋmɔrtʊ͵ɛrɪ] 或稱 funeral home),跟台灣不同的是,美國的殯儀館多由私人經營。死者家屬會與殯儀館聯繫,請他們將遺體送至殯儀館,因為美國人沒有將遺體安置在家中的習慣。

瞻仰遺容
遺體運至殯儀館後,葬儀業者就會為遺體進行處理,比如化妝或是防腐處理(embalm [ɪmˋbɑm])。之後會排定時間,將遺體安置在瞻仰廳(viewing room),供親友瞻仰遺容(viewing / wake),這個步驟有時也會在教堂舉行。

葬禮
追悼會結束時,遺體接著會被運往墓地(cemetery [ˋsɛmə͵tɛrɪ]),這時牧師會誦讀一段聖經經文。美國一般都是用土葬(interment [ɪnˋtɝmənt]),採取火葬(cremation [krɪˋmeʃən])的人比較少。

追悼會
追悼會的時間跟地點,一般會登報公布,親友看到消息就會自行去殯儀館或教堂悼念(mourn [morn])。

參加葬禮哀悼句

● **I'm so sorry for your loss.**
我很遺憾你失去了親人。

● **He was a good friend of mine.**
他是我的好朋友。

● **Your son / daughter meant a lot to me.**
我很重視你兒子/女兒。

● **My sympathies to your family.**
致上我對府上的哀悼之意。

● **He / She will be missed.**
大家會想念他/她的。

● **He / She was always there for me when I needed a friend.**
我需要朋友時,他/她總是支持著我。

「不見不散」怎麼說?

和朋友約好在某地相見,要和對方說「不見不散」,請問 That's a date! 說對了嗎?

Amigo

在這樣的情況下,我們通常會說 It's a date. 而不是 That's a date. 另外,還可以這樣說:

● **OK. See you there.**
好啦。到時候見。

通常跟朋友約定時間地點見面,可以用這個句型:
I'll meet you at... at....
我(某時)和你約在(某地)碰面。

● **I'll meet you at the main entrance of Taipei 101 at seven.**
我們七點在台北 101 大門口見。

和人相約,最怕苦苦守候卻不見伊人蹤影,這時可以加句叮嚀:

● **Don't be late.**
別遲到了。

● **Don't forget our date.**
別忘了我們的約會。

但對於遲到成性的友人,苦口婆心可能無效,只好用威脅語氣逼迫就範:

● **Whoever's late can pay for dinner.**
遲到的人要請吃晚飯。

● **Don't be late, or else.**
別遲到,否則有你好看的。

不過萬一你的朋友最後還是遲到了,讓你忍不住想念他幾句,你可以這麼說來加深他的罪惡感:

● **I got here ten minutes early, and then you show up late.**
我提早十分鐘到這,結果你竟然遲到。

47

戀愛美語

感情是很常碰到的話題，有時候兩人感情轉淡，介於要分不分、要合不合之間，這類戀愛美語該怎麼說？

愛麗莎

- **My boyfriend has been acting distant lately. I wonder if he's met someone new.**
  我的男朋友最近很冷淡。我在想他是不是有別人了。

- **Michael blows hot and cold all the time. I'm not sure how he really feels about me.**
  麥可總是忽冷忽熱的。我不確定他對我到底是什麼感覺。

- **Me and Lisa have had an on and off relationship for the past few years.**
  我和麗莎這幾年來一直分分合合。

- **We're on a break right now, but I hope we'll get back together soon.**
  我們現在處於冷靜期，但我希望我們能快點復合。

- **Tom and Carrie broke up a few months ago, but now they're back together again.**
  湯姆和凱莉幾個月前分手了，不過現在又重修舊好。

跟外國房客收房租

想請問一下，提醒外國房客繳房租，還有詢問房間設備有沒有問題要怎麼說？有時候我實在不知道要怎麼跟房客打開話匣子，如果我在收房租或電話中跟他們哈啦，會讓他們覺得困擾嗎？

Vivian

看來你是一個還相當關心房客的少房東，不過對於歐美的房客而言，除非是為了討論房租或房屋狀況，否則通常都不喜歡被房東打擾。所以，哈啦的話 EZ TALK 就先不教了，在此就專門傳授你房東跟房客溝通的基本會話。

催繳費用

- **Would it be possible for you to pay the rent tonight?**
  你今晚可以繳房租嗎？

- **Your rent is already two days late. Can you pay tonight?**
  你的房租已經欠了兩天。你今晚可以繳嗎？

- **The gas / water / electric bill is two thousand, seven hundred and forty-eight NT.**
  瓦斯費／水費／電費是兩千七百四十八元。

- **The management fee is three hundred and sixty NT.**
  大樓管理費是三百六十元。

到底幾壘了？

跟朋友閒聊談到男朋友時，都會想問對方：妳跟男朋友到幾壘了？不知道英文有此說法嗎？

星子

三五好友聚在一起聊天時，通常會刺探死會的朋友跟男（女）朋友交往的程度。直接問，怕對方會害羞，索性利用棒球用語，拐彎抹角地問。而中文這樣的說法其實是從英文來的，跟外國朋友聊到交往程度可以這麼說：

- **How was your date? Did you get to first base?**
  你的約會怎樣了？上一壘了嗎？

- **Not bad at all. I made it to second base.**
  還滿順利的。到二壘了。

- **Why did George break up with Mary? Because she wouldn't go to third base with him.**
  喬治為何和瑪麗分手？那是因為瑪麗不肯和他上三壘。

- **I hope I can go all the way with my girlfriend on Valentine's Day.**
  我希望今年情人節可以跟女朋友全壘打。

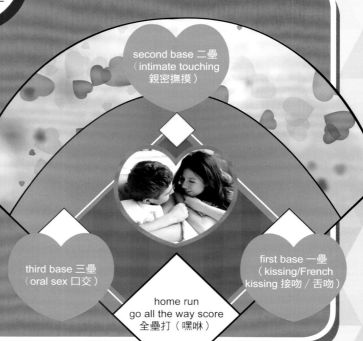

second base 二壘
(intimate touching 親密撫摸）

third base 三壘
（oral sex 口交）

first base 一壘
（kissing/French kissing 接吻／舌吻）

home run
go all the way score
全壘打（嘿咻）

詢問房屋狀況

租出去的房屋發生狀況，房東要負責修繕處理。如果你要主動詢問房客房屋是否出狀況，以下兩句話相當好用：

● **Let me know if the apartment needs any repairs.**
  如果公寓需要修繕，請跟我說。

● **Does the apartment have any problems that need taking care of?**
  公寓有什麼狀況需要我處理嗎？

假如房客跟你反映房屋需要修理，要不就是你自己修，不然就是找人來修。英文的 plumber 是專指「水管工」，跟台灣的水電工（electrician）可不太一樣，所以你乾脆說要找修理工人（repairman）就好。你可以把下面三句話學起來，視情況使用。

● **I'll come over later to fix it.**
  我晚一點會來修。

● **I'll send a plumber / repairman over to fix it.**
  我會請水管工／工人來修理。

● **If you find a repairman yourself, please let me know the price beforehand.**
  你若自己找人修，請先跟我報價。

房客搬走

合約到期，如果房客要搬走，這時候就會談到押金問題。通常房東都會要求房客把屋子恢復原狀才還押金。你可以這樣要求房客：

● **You need to restore the apartment / room to its original condition before I can return your deposit.**
  你要把房子／房間恢復原狀，我才能把押金還給你。

等房客依照約定歸還租賃處，你就可以歸還押金了。

● **Here is your security deposit, thirty thousand NT.**
  這是你的押金三萬元。

萬一房客提前解約，依照合約通常都要扣一個月的押金。這時候你可以跟房客解釋：

● **Because you terminated your contract early, I'll keep one month's worth of your deposit.**
  因為你提前解約，我要扣一個月的押金。

若是房客造成某些毀損，你要從押金裡扣除，可以這麼說：

● **Due to damages, I'm keeping five thousand NT of your deposit.**
  因為有毀損，我要扣五千元的押金。

房客續租

如果合約快要到期，房東想詢問房客是否要續住，可以這麼問：

● **Our contract is close to expiring. Do you want to continue renting?**
  我們的合約快要到期。你還要續租嗎？

● **If so, we can renew the contract.**
  如你要，我們就來續約。

● **If you don't want to renew the contract, you'll need to move out when it expires.**
  如果你不要續約，合約到期你就要搬出去。

如果希望房客提早告知續租與否，你可以說：

● **Could you give me a month's notice if you plan on moving out?**
  若你要搬走，可否提早一個月告知？

但如果房客要續租，你可以簡單告知續約的期限，還有注意事項。

● **The renewal would be for one year.**
  這次續約的期限是一年。

● **If you move out before the contract is up, you'll forfeit one month's worth of the deposit.**
  若在合約到期之前搬走，你要被扣一個月的押金。

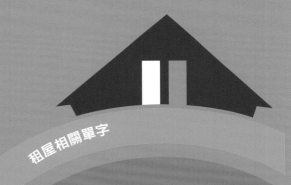

租屋相關單字

- landlord 男房東
- landlady 女房東
- tenant [ˈtɛnənt] 房客，也稱作 renter
- water bill 水費
- electric bill 電費
- gas bill 瓦斯費
- management fee 管理費，也稱作 condo fee
- (security) deposit 押金，或簡稱為 deposit

你看那個光

你好,請告訴我「地中海禿頭」怎麼說好嗎?謝謝。

Amanda

禿頭不是病,但真的禿了頭可叫人欲哭無淚,一般來說,「禿頭」就叫做 bald,而「地中海禿頭」則是 bald spot。關於「禿頭」,你可能會用到以下幾句:

- **My father has a receding hairline.**
  我爸髮線後退。

- **I think thinning hair looks better if you wear it short.**
  我覺得頭髮稀少留短髮比較好看。

- **Male pattern baldness is the most common type of hair loss.**
  雄性禿是最常見的禿頭。

- **The boss looks ridiculous with that comb-over. He should just shave his head.**
  我老闆硬是梳瞞天過海頭,看起來很可笑。他應該整個剃光算了。

- **That guy's hair doesn't look very natural. I think he's wearing a toupee.**
  那個人的頭髮看起來不是很自然。我猜他有戴假髮。(編註:toupee [tuˋpeɪ] 為男用假髮)

- **Nancy lost all her hair during chemo and had to wear a wig.**
  南西在化療期間頭髮都掉光了,必須戴假髮。

- **I hear that Kevin is considering getting a hair transplant.**
  我聽說凱文正在考慮植髮。

- **Would you be interested in trying a folk remedy I heard about?**
  我聽過一個偏方,你要試試看嗎?

thinning hair
髮量稀疏

receding hairline
髮線後退

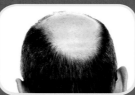

bald spot
地中海禿頭

comb-over
瞞天過海頭
(半邊僅存頭髮往禿頭處梳)

請客人留下基本資料

在展覽會場，有外國客人來我們的攤位索取免費樣品，我想要他的資料以便寄送樣品給他。請問 Could you please leave your contact information in order to send samples to you? 這樣說對嗎？

Jenny

你的句子中，「聯絡資料」的英文的確是 contact information 沒錯。如果你是在展覽會場（trade show）服務的推銷員（salesperson），外國人來你的攤位（booth）索取樣品（sample），你可以說：

● **If you leave your contact information, I can have some samples sent to you.**
若是您留下連絡資料，我就可以寄一些樣品給您。

● **Please write down your name and address here, and we'll send you some samples.**
請留下您的姓名地址以便我們寄樣品給您。

反過來，如果你到國外去，不管是去看展覽或是到百貨公司的專櫃，想要索取免費樣品，就可以運用以下兩句。

● **Do you offer free samples?**
你們有提供免費樣品嗎？

● **Are there any free samples available?**
你們有沒有提供免費的樣品？

如何應付延誤出貨

客人來信說他還沒收到我寄的樣品，問要何時才會收到，我想告訴他我們目前缺貨，等貨品到了就會立刻寄給他。請問該如何用英語表達？

Iris

「寄送」樣品用 send、mail、ship 當動詞都可以。

● **We apologize for the inconvenience.**
抱歉對您造成不便。

● **The item you requested is currently out of stock.**
你要的品項目前缺貨。

● **We will send you a sample as soon as the item is back in stock.**
等補貨完成，我們會立刻將樣品寄給您。

● **We'll mail you the sample you requested as soon as possible.**
我們會盡快把你要的樣品寄給您。

● **We're sorry for the delay. We'll be sure to expedite your shipment.**
很抱歉我們延誤了。我們一定會儘快將您的貨品寄出。

● **We'll be shipping your order today, and you should receive it in one week at the latest.**
我們將於今日寄出您的貨品，最遲您應該一星期會收到。

你的證件帶了沒？

在訓練中心宣布一些課堂注意事項，我想說：1. 本證限受訓本人使用。2. 受訓期間應隨身配掛。3. 課程結束後請將本證繳回訓練中心。該怎麼說？

Kevin

通常英文的「證」有三種說法，涵義各不同：

● **identification** [aɪ‚dɛntəfəˋkeʃən]（通常縮寫為 ID）：只能辨識身份的證件，例如身分證。

● **certificate** [səˋtɪfəkɪt]：用來證明擁有某種能力或技能，例如多益（TOEIC）的成績證明。

● **license**：必須經過法律允許的效力，賦予你某種權利，例如駕照（driver's license）等。

經過這番解釋，相信你應該知道你的問題應該用哪個「證」吧！

● **This ID card can only be used by its rightful holder.**
本證限受訓本人使用。

● **The ID should be carried at all times during the training period.**
受訓期間應隨身配掛。

● **Please return the ID to the training center upon completion of the program.**
課程結束後請將本證繳回訓練中心。

此外，你也可以補充：

● **Please keep your ID safe and secure.**
請保管好自己的證件。

● **If you need a replacement, a two-hundred-NT fee will be charged.**
如需補辦，將會酌收工本費兩百元。

比噁心！！

請問「鼻屎」是不是可以說 nose dust？

Ellen

口鼻、肺部的分泌物都可叫作 mucus [`mjukəs]，為較正式的醫學用法，而你所說的「鼻屎」應該叫 booger [`bugɚ]，其他常會說到的口鼻穢物還有很多，以下來看單字及例句：

mucus [`mjukəs] **口鼻、肺分泌物**
You should take some medicine to clear out your mucus.
你應該吃點藥清除鼻涕跟痰。

booger [`bugɚ] **鼻屎**
I've got a booger stuck in my nose.
我的鼻子裡卡了一個鼻屎。

snot [snɑt] **鼻涕、鼻水**
You have snot dripping out of your nose.
你的鼻涕流出來了。

phlegm [flɛm] **痰（正式用法）**
I keep coughing up a lot of phlegm.
我一直咳好多痰出來。

loogie [`lugi] **一沱痰（口語用法）**
Did you really put a loogie in his sandwich?
你真的在他的三明治裡吐了一口痰？

hock a loogie 吐痰
是一個固定用法，hock 其實就是咳痰的聲音，是非常口語的說法。
How far can you hock a loogie?
你吐痰可以吐多遠？

saliva [sə`laɪvə] **口水（正式用法）**
The doctor took a saliva sample from the patient.
醫生幫那個病人取了口水的樣本。

spit [spɪt] **(n./v.) 口水；吐口水（口語用法）**
Kim wiped the spit off her baby's face.
小金替她的寶寶擦去臉上的口水。
It's illegal to spit on the sidewalk.
在人行道隨地吐痰是違法的。

ear wax [ir wæks] **(n.) 耳屎**
Do you use Q-tips to remove ear wax?
你都用棉花棒清耳屎嗎？

sleep [slip] **(n.) 眼屎**
You have some sleep in the corner of your eye.
你眼角有眼屎。

走走走，去郊遊！

女兒明天要校外教學，她問我「我明天要去校外教學」的英文怎麼說？我可以說：I will go outing tomorrow. 嗎？

Kao

英文的 outing 或 school trip 是指學校的「戶外活動」、「遠足」。通常口語英文不會用未來式助動詞 will，而是用現在進行式，所以你可以教她說：

● I'm going on an outing tomorrow.
　我明天要去郊遊

● We're going on a school outing tomorrow.
　我們明天要去參加學校郊遊

● Our class is going on a school trip tomorrow.
　我們班明天要去校外遠足。

由於「校外教學」不只是出去走走，還有教學活動的成分在裡頭，所以照外國人的說法，field trip 才是指「校外教學」。以下就是你想問的句子：

● I'm going on a field trip tomorrow.
　我明天要去校外教學。

● My class is going on a field trip tomorrow.
　我們班明天要去戶外教學。

做父母的還可以用以下幾句叮嚀家裡的寶貝：

● Listen to your teacher and don't go running off.
　聽老師的話，不要亂跑。

● Don't waste any money.
　不要亂花錢。

● Don't buy unnecessary things.
　別買不必要的東西。

● Be safe.
　要注意安全。

車輛故障

車輛在路邊故障了，需要道路救援的服務，該如何用英文打電話給拖吊公司請求協助？我這樣說：My car got some problem on xxx road, please help me. 對嗎？

WORLD PEACE

車子「拋錨、故障」，英文可用 break down 這個動詞片語一語概之。have some problems 則是指「遇到麻煩、困難」。若是人在國外，想要打電話給拖吊公司請求道路援助，可以這麼說：

● My car broke down on First Street.
　我車子在第一街故障了。

● Can you please send a tow truck?
　可以麻煩派一輛拖車來嗎？

若是沒有拖車公司的電話，趕快打電話到查號台詢問吧！

● Can you give me the number of a towing company?
　可以給我拖吊公司的電話嗎？

通常人行道以及有消防栓的地方是禁止停車的拖吊區（tow-away zone）。若車子停錯地方而被警察拖走，可以這樣說：

● My car was towed away because I parked in a tow-away zone.
　我車子停在拖吊區所以被拖走了。

恭賀新禧

我想要做耶誕卡和新年卡給外國朋友，卡片內容是「希望你在新的一年裡，工作更順利，生活更愉快！」請問該如何說？

小星

你想說的祝賀詞可以這樣表達：

● I hope this new year brings you success in work and happiness in life.
　希望在這新的一年裡你能事業成功、生活美滿。

接下來是一些常用的新年祝賀：

● Best wishes for the new year.
　在新年裡獻上最誠摯的祝福。

● Happy holidays.
　佳節愉快。

● Good luck in everything you do.
　萬事如意。

● Best of luck to you.
　祝你好運。

● Wishing you health and happiness.
　祝你健康快樂。

● Live long and prosper.
　祝你多福多壽。（編註：影集《星艦迷航記》Star Trek 裡的對白）

53

吃早餐啦！

我和兩個朋友去峇里島玩，villa 裡的服務生卻做了四份早餐，想跟他說我們只有三個人，明天只需要做三人份的早餐，不知道該怎麼說？而且朋友不舒服想吃煎荷包蛋和白粥，我也不知道怎麼與他們溝通。

Maya

怎麼會有這麼糊塗的服務生呢？明明只有三個人，卻準備了四份早餐。不過你也真是個誠實的遊客，竟然不會想把多的一份跟朋友瓜分掉，面對這麼誠實又上進的讀者，EZ TALK 更要用心回答你的問題了。

出外遊玩，有些飯店會先問你需不需要附早餐：

● **Will you be having breakfast tomorrow morning?**
明天早上需要用早餐嗎？

● **If so, it will be an additional ten dollars per person.**
如果要的話，一個人得加收十元。

● **Breakfast is served between seven and nine thirty.**
早餐用餐時間是七點到九點半。

● **Our breakfast is Chinese / Western / buffet style.**
我們的早餐是中式／西式／自助式。

有些民宿會看人數準備早餐，這時你的問題就派上用場了：

● **There are only three of us, so please just bring three breakfasts tomorrow.**
我們一行只有三個人，請你明天送三份早餐來就好。

身體不舒服，想請飯店準備些清淡的東西，水煮荷包蛋應該比煎荷包蛋更適合吧？

● **Can you make something bland?**
可以請你準備清淡的食物嗎？

● **He isn't feeling well. Could you make him a bowl of rice porridge and two poached eggs?**
他不舒服。可以麻煩你煮一碗白粥、兩個水煮荷包蛋嗎？

各式蛋類烹調法

hard-boiled egg
硬水煮蛋

soft-boiled egg
溏心蛋

poached egg
水煮荷包蛋

sunny-side-up egg
太陽蛋

© Riverviewfood / flickr.com

omelet
煎蛋捲

scrambled eggs
炒蛋

十全大補蛋！

因為工作需要，我要做介紹皮蛋、鐵蛋、茶葉蛋、鵪鶉蛋……等台灣有名的蛋製品報告，請問這些蛋的英文要怎麼講？

Yoyo

你所謂台灣有名的蛋類製品，大約有以下這些：

salty duck egg
鹹鴨蛋

century egg
皮蛋

iron egg
鐵蛋

soy egg
滷蛋

tea egg
茶葉蛋

quail egg
鵪鶉蛋
指夜市賣的烤鳥蛋

人性本色

我想要問「色鬼」的英文該怎麼說？

Nina

漂亮的女生總是會遇到形形色色的豬哥。遇到外國色狼想要好好教訓對方卻啞口無言？大家一起把以下色鬼相關英文用語學起來，下次遇到這種人可以大聲地說出來。

dirty old man 老色鬼
Most people in that porn store were dirty old men.
大部分光顧那家情趣商店的都是一些老色鬼。

pervert 變態狂 指有特殊性癖好、有強暴傾向的變態男子
Tokyo subways are filled with perverts.
東京的地鐵有很多變態。

lecher 色狼，色鬼 這個字的形容詞為 lecherous
The boss is a lecher, so you should keep your distance.
老闆是個色鬼，所以妳最好跟他保持距離。

sex fiend 淫魔
My boyfriend is a total sex fiend.
我男友根本就是個淫魔。

porn addict 整日沈溺於 A 片的男生
My brother became a porn addict after he bought a computer.
我弟弟買了電腦後就成了 A 片狂。

flasher 暴露狂
My daughter saw a flasher at the park.
我女兒在公園看到一個暴露狂。

You dirty old man!

開慢一點

在停車場碰見外籍老師，聊起他上次把手機放在外套口袋裡，騎機車時風一吹就掉了。我想說：「別又把手機放在口袋裡，你應該放在機車的置物箱內。」我還想叮嚀他：「騎慢一點，要小心。」Drive with care.（機車可以用 drive 嗎？）

維吉尼亞

在汽車或機車前面的「汽／機車置物箱」叫作 glove compartment，而機車座椅下方的「置物箱」可稱為 storage compartment。所以你想提醒外籍老師的話，可以這麼說：

- Don't put your cell phone in your pocket again.
  別又把手機放在口袋裡。

- You should put it in your scooter's glove / storage compartment.
  你應該放在機車的置物箱內。

至於「駕駛車輛」所使用的動詞，則要看是什麼車，例如「開汽車」是 drive a car，「騎速客達、機車」，則可說 ride / drive a scooter / motorcycle，而「騎單車」要說 ride a bicycle。

提醒別人騎車或開車要慢一點，可以說：

- Drive more slowly!
  開／騎慢一點！

- Don't drive too fast.
  別開／騎太快。

你也可以把以下的話學起來，要對方路上小心：

- Ride carefully.
  騎車小心。

- Be safe on the road.
  路上小心。

SAFE DRIVING

皮小孩父母經！

我是一位媽媽，希望小朋友能習慣雙語對話，請問小孩鬧脾氣或不乖時，可不可以對小朋友說 Are you a silly goose? 請多提供一些教訓小朋友的英文句子，謝謝！

Evelyn

其實 silly goose 是很老的形容詞，現在幾乎沒人在用了，像是帶點俏皮意味地說人「傻瓜，笨蛋」的意思，所以你這樣說可能不太適合，建議妳可以改說：

- **You're such a silly little girl, Cindy!**
  妳真是個傻女孩，辛蒂！

- **No, dummy, you can't have ice cream for dinner!**
  不，小呆子，你不能吃冰淇淋當晚餐！

其實小孩哪有不皮的呢？為人父母者經常會怨嘆：

- **What do you do when your kids misbehave?**
  小孩不乖時你會怎麼辦？

- **How do you discipline your children?**
  你都怎麼管教你的小孩？

- **The kids always act up when their father isn't around.**
  每當爸爸不在，孩子們就會不乖。

- **Billy threw a temper tantrum at kindergarten today.**
  比利今天在幼稚園鬧脾氣。

小孩很皮時，爸媽可以對他說：

- **Stop whining or you won't get any ice cream!**
  不要再叫了，不然你就沒冰淇淋吃！

- **Stop acting like a brat!**
  別再調皮搗蛋！

- **Don't be such a spoiled little brat.**
  別像個被寵壞的小鬼。

- **No roughhousing, boys.**
  男孩們，不要再打來打去了！

- **Pipe down, will you? I'm trying to watch TV.**
  安靜一點行不行？我想看電視。

- **Settle down, you two! You're going to wake your mother up.**
  你們兩個安分一點！你們會把媽媽吵醒。

- **If you don't behave, I'm gonna ground you.**
  如果你不乖，我就要罰你禁足。（編註：ground 是罰小孩放學就得回家進房間，不准出來玩）

- **That's it! You're grounded!**
  沒什麼好說的！你被禁足了！

- **You're grounded for a week!**
  罰你禁足一星期！

- **No TV or video games for two weeks.**
  罰你兩個星期不准看電視和打電動。

- **Go to your room, Timmy!**
  回房間去，提米！

- **I'm gonna give you a time-out if you hit your sister again!**
  如果你再打妹妹，我就讓你罰站！（編註：time-out 是罰小孩一個人待在旁邊，不准跟大家玩）

- **Don't make me spank you!**
  別逼我打你屁股！

- **Don't make you put you over my knee!**
  別逼我把你抓去打屁股！

管教小孩必學字

- **misbehave (v.)** 不乖胡鬧，不乖
- **act up (phr.)** 胡鬧，不乖
- **throw a (temper) tantrum (v.)** 發脾氣
- **whine (v.)** 哀訴，抱怨
- **brat (n.)** 小鬼
- **spoiled (a.)** 被寵壞的
- **roughhouse (v.)** 打鬧，搗亂
- **pipe down (n.)** 不要吵，停止吵鬧
- **discipline (v.)** 管教
- **ground (v.)** 禁足
- **time out (phr.)** 面壁思過

攝影光線問題

請問拍照時「測光」、「逆光」，還有底片感光度要怎麼講？

Pam

「測光錶」叫 light meter，而要講「測光」的動作，可以說 measure，也可以說 meter。

● **The camera's light meter measures the light before you take a picture.**
相機的測光錶會在拍照前測量光線。

「逆光」的名詞為 backlight 或 backlighting，但通常會使用形容詞 backlit。

● **The shot is backlit, so you should turn on your flash.**
這樣拍是逆光，所以你應該開閃光燈。

● **Sometimes backlit photos with silhouettes are more artistic.**
有時候背光的剪影更有藝術感。

其他拍照時會用到的口語說法：

● **You're standing in front of the light.**
你站的位置擋住光線了。

● **If you turn to face the light, the picture will come out clearer.**
如果你面向光源，照片會更清楚。

● **The sun is behind you—turn this way so I can get a better shot.**
太陽在你後方，你轉過來我會比較好照。

底片相機的感光度（sensitivity）分為 ASA 100、ASA 200、ASA 400 等，而數位相機則是用 ISO 來表示（通常數值為 100 到 1600）

● **I'd like two rolls of ASA 400 film.**
我要兩捲 ASA 400 的底片。

● **What ISO setting did you use in that shot?**
你那張照片的 ISO 設為多少？

This camera has an ISO range of 100 to 3200.
這部相機的 ISO 範圍介於 100 到 3200 之間。

人家怕嘛……

請問「我不敢吃……。」和「我不敢做……。」該怎麼說呢？

Vidalia

I won't eat _____.

I don't like eating _____.
我不敢吃……。

● **organs** 內臟
● **escargot** 蝸牛
● **sashimi** 生魚片
● **stinky tofu** 臭豆腐
● **mutton** 羊肉
● **cilantro** [sɪˋlɑntro] 香菜
● **fat** 肥肉
● **durian** 榴連

I'm afraid _____.
我不敢（做某件事）。

● **of flying** 搭飛機
● **of swimming in the ocean** 在海裡游泳
● **to ride a scooter** 騎機車
● **to go out late at night** 深夜出門
● **to live by myself** 一個人住
● **to watch scary movies** 看恐怖片

57

電影在哪一廳？

去看電影，電影院的「看第幾廳」，以及到票口買票要怎麼說？

Jack

美國電影院的廳別大都只會用數字或字母表示，而每一廳就是一個 theater，也可以稱作 screen。

A: Which theater is _The Book Thief_ in?
《偷書賊》在哪一廳？

B: Theater 2.
二廳。

● **The new multiplex downtown has 12 screens.**
市中心那間新的影城有十二個廳。

買電影票時，你可以這樣說：

● **Hello, two for _Winter Tale_.**
你好，《冰雪奇緣》兩張。

● **I'd like three tickets for _American Hustle_, please.**
我要三張《瞞天大佈局》，謝謝。

● **I need two adult tickets and one student ticket for _The Wolf of Wall Street_.**
我要《華爾街之狼》兩張全票、一張學生票。

真丟臉！

有一次我在教室外看到一個人的背影像極一位老師，我馬上向前打招呼，那個人轉過來我才發現是不認識的人，趕緊打哈哈落跑。

我想說：「真丟臉！」請問要怎麼說？

Michael

糟糕，碰上尷尬的情境，有時候還真是想往洞裡鑽。你可以先把感到尷尬的（embarrassed）和令人感到尷尬的（embarrassing）這兩個字學起來，它們都可以形容丟臉的感覺：

● **I was so embarrassed.**
我覺得好丟臉。

● **It was really embarrassing.**
那真是太令人尷尬了。

或者你也可以用臉紅（flushed）來表示。這句話裡有用到 embarrassment 這個代表「困窘」的名詞用法。

● **My cheeks were flushed with embarrassment.**
我尷尬到臉都紅了。

另一個字 ashamed 則是形容某人因做錯事而感到羞愧，另一個字 mortified 則為「極度尷尬」的意思。

● **I'm ashamed of my bad behavior last night.**
我為昨晚糟糕的行為感到羞愧。

● **Jim was mortified when his pants fell down during his speech.**
吉姆演講時褲子掉下來，真是讓他囧翻了。

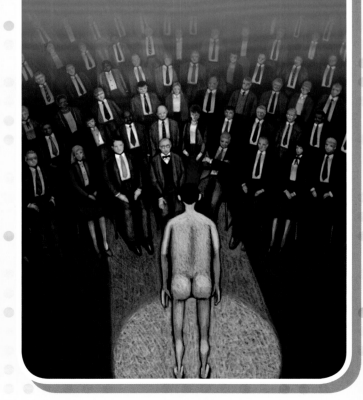

如何讚美別人？

想形容一個人「很有氣質」該怎麼說？

艾紗

英文中並沒有確切的字眼來形容「氣質」，不過你可以用以下這些句子來誇讚對方：

● **Elisabeth has lots of class.**
伊利莎白真有品味。

● **Derek has a lot of style.**
戴瑞克很有格調。

● **I admire the speaker's poise.**
我欣賞那位演講者的儀態。

● **That TV host really has presence.**
那位電視節目主持人真是風度翩翩。

請你付款

在速食店打工碰到外國人時，一般的對話都還可以，但到了要請對方付錢時，卻感覺很尷尬，不知要怎麼說才適當。

我想要說：請付款。

我這樣說：Give me your money.

呆呆

這樣說當然會覺得尷尬啊！你要是戴著頭套說這句話，人家還以為你在搶劫呢！

結帳時，通常只要報出金額，再加個 please，人家就知道要付帳了。

● **That'll be 187 NT, please.**
請給我一百八十七元。

或者你也可以說：

● **Your total comes to 187 NT.**
您的消費總共是
一百八十七元。

sike 是什麼意思？

我曾經聽朋友說一個字，聽起來是 sike，但他不太會講中文，沒辦法解釋給我聽，後來我在字典上又查不到這個字。能否幫我解答？

Claire

你來信問的單字 sike，經過編輯部與外籍編審三天三夜討論之後，認為你聽到的應該是 psych 這個字。

Psych! 才怪！

在美國，單獨使用 psych 這個字時，通常是朋友之間在開玩笑，有「我是在唬爛」、「才怪」的意思。例如 B 今天穿黃紫條紋上衣搭綠色格子褲子，再配一雙大紅鞋，A 完全看不下去，就可以對 B 說：

● **I love your outfit. Psych!**
我好喜歡你這身打扮。才怪！

A: **What's that?**
那是什麼？

B: **A pen that makes you invisible. Psych!**
一支能讓人隱形的筆。我唬爛的！

psyched 興奮，興奮地等待

● **I'm totally psyched about the party tonight!**
我對今晚的派對感到超興奮的！

psych sb. out 用心理戰贏過某人

● **Michael tries to psych out his opponents on the tennis court.**
麥可試圖在網球場上利用心理戰贏過對手。

psych up 讓人在心理上做好準備，激勵人

● **He psyched himself up before he went to the job interview.**
他去面試之前替自己打氣。

59

navel piercing 穿肚臍環

eyebrow piercing 穿眉環
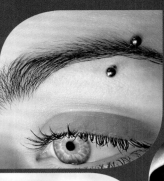

在身體上打各種洞、穿各種環，統稱為 body piercing。只要你喜歡，全身都可以打洞來裝上美體飾品（body jewelry）。

lip piercing 穿唇環

tongue piercing 穿舌環

nipple piercing 穿乳環

ear piercing 穿耳環

nose piercing 穿鼻環

你有穿耳洞嗎？
請問「穿耳洞」的英文？

Snow White

「耳洞」是 ear piercing，「穿耳洞」就是 have pierced ears，也可以說 get one's ears pierced。

A: Do you have pierced ears?
　你有穿耳洞嗎？

B: No, my mom says I'm too young.
　沒有，我媽說我還太小。

A: I'm thinking of getting my ears pierced.
　我在考慮要去穿耳洞。

B: Aren't you afraid it'll hurt?
　你不怕痛嗎？

一般講到 earrings，是指穿耳洞才能戴的「耳針耳環」，「夾式耳環」是 clip earrings 或 fake earrings，另一種「磁性耳環」則為 magnetic earrings。

magnetic earrings 磁性耳環

earrings 耳針耳環

clip earrings 夾式耳環

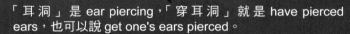

見色忘友

請問英文裡有沒有「見色忘友」這樣的成語呢？

Helen

其實，英文裡並沒有「見色忘友」這樣的成語。不過，會用 flake 來形容「不值得信賴」、「沒責任感」或「凡事不放在心上」的人。

所以，那種一遇到帥哥或美眉就把答應朋友的事忘得一乾二淨的人，就直接叫他／她 flake，或者用形容詞 flaky 也通。此外，flake out 是「放鴿子」的意思，與 stand up 同義。

- **Jane is such a flake. She always stands me up whenever a guy asks her out.**
  珍有夠見色忘友。每次只要有男生約她出去，她就會放我鴿子。

- **Debra is nice, but she's kind of flaky.**
  黛博拉人很好，但有點不可靠。

- **Rob said he would take me out last night, but he flaked out.**
  羅伯本來說昨天晚上要帶我出去，但他放我鴿子。

- **You better not flake on me next time!**
  你下次最好別再放我鴿子！

「雞同鴨講」怎麼講？

跟外國朋友聊天，常常遇到雞同鴨講的狀況。「雞同鴨講」英文該怎麼說？

Cherry

跟老外聊天最常碰到雞同鴨講的情形，當別人誤會你講的話，或是搞不清楚重點在哪兒，就可以這麼跟外國朋友解釋：

- **You misunderstood what I said.**
  你誤會我的意思了。

- **You missed the point.**
  你沒抓到重點。

碰到雞同鴨講的情形，常常必須利用「比手畫腳」來傳達自己的意思。跟比手畫腳相關的辭彙有手語（sign language）、手勢（gestures）和肢體語言（body language）等。

- **You can use body language to convey your meaning.**
  你可以利用肢體語言來表情達意。

- **I didn't know any Spanish, so I communicated with gestures.**
  我完全不懂西班牙文，所以我都用手勢來溝通。

我受夠你了！

請問「我受夠你了！」可以說 I can't endure you. 嗎？

漠

I can't endure you. 並非口語中常見的說法，須看場合使用。用 endure 是比較正式的說法，且通常不會直接對著別人說。

- **Ralph can't endure noisy children.**
  勞夫不能忍受吵鬧的小孩。

- **We had to endure a nine-hour wait at the airport.**
  我們得在機場苦等九個鐘頭。

endure 還可表「持續」之意：

- **The star's popularity has endured for decades.**
  那位明星紅了好幾十年。

比較常用到其實是 stand、have 這二個動詞：

- **I can't stand you!**
  我受不了你！

- **I've had enough of you.**
  我受夠你了！

如果是因為對方的態度、行為，或是事情的進展，讓你感到不爽，這時受詞則可以改成 it。

- **I've had it with you!**
  我受夠你了！

- **I've had it up to here with you!**
  我對你已經忍無可忍了！（說這句話有時會做出滿到鼻子的手勢）

(have) gone too far（太過分了）也有類似的含意，但這句只能用在剛剛才發生的事，比如有人說了過分的話，或是做了讓人看不下去的事：

- **You've really gone too far this time!**
  你這次真的太過分了！

當你覺得對方實在太過分，讓你快要暴怒的時候，你也可以說：

- **You're way out of line!**
  你欺人太甚！

我先走囉！

請問跟人道別時說「先走了！」是 Gotta go! 還是 Gotta to go! 呢？

仔仔

「我先走囉！」是 I gotta go. 也就是 I've got to go. 這句話在口語中的快速說法。gotta = got to，不必重複說 to。

A: Thanks for the tea. Gotta go!
　謝謝你的茶。我得走了！

B: Do you have to leave so soon?
　你一定要這麼快就走嗎？

另外，gotta go 也有「尿急」的意思。

A: Why are you jumping around?
　你幹嘛一直跳來跳去？

B: Because I gotta go!!
　因為我尿急！

「無釐頭」該怎麼說？

我有一個朋友很無釐頭。
我想說：他很無釐頭。
我這樣說：He's so funny.

Roger

你這樣說太溫和了，無法表現出「無釐頭」那種沒頭沒腦的的爆笑感。

riot 這個字原指「暴動」，後引申用來指「搞笑的人」：

A: I love going to parties with Ken.
　我喜歡跟阿肯一起參加派對。

B: Me, too. He's such a riot.
　我也是。他很會搞笑。

wacky 是指「怪里怪氣的」，所以「古怪的幽默感」a wacky sense of humor 這個說法相當接近「無釐頭」的意思。

A: Jane is a little weird.
　珍有點怪怪的。

B: She's wacky, but I like her.
　她怪里怪氣的，但我喜歡她。

zany 一字也很接近我們中文說的「無釐頭」：

● I like to watch zany comedies.
　我很愛看無釐頭的喜劇。

賣多少錢？值多少錢？

你知道這枝筆值多少錢嗎？
我都這樣說：Do you know how much this pen costs?

家旭

在此解釋一下，物品的「售價」和「價值」有時並不相同，若是要問「賣多少錢」，動詞可用 cost 這個字。你上面的說法沒錯，不過語氣聽起來好像這枝筆價值連城的樣子，其實你可以說：

● How much does this pen cost?
　這枝筆多少錢？

● How much is this pen?
　這枝筆多少錢？

要問「價值」的話，則要用 worth 這個字：

● How much do you think this bike is worth?
　你覺得這輛腳踏車值多少錢？

類似的用法還有：

● How much do you think I could get for this bike?
　你覺得我賣掉這輛單車可以拿到什麼價錢？

● I think this camera is definitely worth more than I paid for it.
　我覺得這台相機的價值絕對比我買的價格高。

● Do you think that camera is worth the price?
　你覺得那台相機值這個價錢嗎？

● The trip cost 2,000 dollars, but it wasn't worth it.
　那趟旅遊要兩千元，但不值那個價錢。

VALUE

電影結束的英文？

前天看到電視上播放完影片後，螢幕上出現 fin 而不是 end。fin 不是「魚鱗」嗎？怎麼會這樣用？

Jasmine

fin 是「魚鰭」不是魚鱗。就算你對一半好了，只可惜你看的是一部法文片，在法文中 fin 相當於英文的 end，所以你才會在片尾看到這個字。令我們有點驚訝的是，你在欣賞完整部影片之後，竟然沒有發現這是一部非英語發音的電影，你未免也睡得太誇張了吧！

不要那麼計較

我有一個朋友很小心眼，整天在抱怨。
我想要說：不要那麼計較。
我這樣說：Just forget it.

Paul

你說 Just forget it. 應該是在勸他學會「放下心中的執著」。

● **Just try to forget about it. Thinking about it is only going to make you miserable.**
就試著忘了吧。一直去想只會讓你很痛苦。

若你是要他「不要跟人計較」，可以運用以下這些字：
petty (a.) 心胸狹小的，計較的

● **You shouldn't be so petty with your friends.**
你對朋友不該這麼計較。

nitpick (v./n.) 挑剔，找碴

● **You need to stop nitpicking. It's driving everybody crazy.**
你不能再這麼龜毛了。大家都快被搞瘋了。

如果是指在金錢上「錙銖必較」，你可以說：
Cheapskate (n.) 小氣鬼

● **C'mon, don't be such a cheapskate.**
拜託，不要那麼小氣好不好。

pinch pennies (phr.) 非常節儉

● **Why are you always pinching pennies?**
你為什麼老愛對錢斤斤計較？

遊學展英文

去參觀遊學展時，有外國人問我 Have you been to Canada? 當時我只回答 No.
我想說：我從未出國。我對遊學相關的資料很好奇。

Frank

遊學展上一定有中文解說人員為你服務，不過能藉機練練英文也不錯。你想說的是：

● **I've never been abroad before.**

● **I've never been overseas before.**
我從未出國。

● **I've never been to another country.**
我從沒去過其他國家。

● **I'm interested in learning more about study tours.**
我對出國遊學的資訊有興趣。

看來你的聽力應該不錯，只是會話能力不佳。一般來說，去參觀遊學展會想問以下問題：

● **Could I have some information on your study tour program?**
可以給我一些有關你們遊學方案的資料嗎？

● **Are homestays available, or do the students stay in dorms?**
能安排住寄宿家庭嗎？還是學生都要住宿舍？

● **Will a teacher accompany the group?**
會有老師隨團帶隊嗎？

● **Does the program include extracurricular activities?**
學校有安排課外活動嗎？

約女生出來

新認識一個不錯的女孩,希望有機會進一步交往。
我想說:不知道妳這星期有空嗎?我有榮幸邀妳出來玩嗎?

A 先生

恭喜找到新目標,就讓我們助你一嘴之力,預祝你早日抱得美人歸囉!

● **I was wondering if you're free this weekend?**
不知道妳這個週末有沒有空?

● **May I have the honor of inviting you out?**
我有榮幸可以邀妳出來玩嗎?

不過上面那種溫吞的講法,聽起來好像在邀古代人喔,你可以直接一點:

● **If you're not busy this Sunday, I'd like to ask you out.**
如果妳這星期天不忙的話,我想找妳出來走走。

● **Would you like to get together for coffee sometime?**
妳願意找個時間出來聚一聚,喝杯咖啡嗎?

或是再爽快一點:

● **Would you like to go out with me sometime?**
妳願意找個時間跟我約會嗎?

● **We should go out sometime.**
我們應該找個時間出來。

下載軟體就當機

我的電腦舊了,每次下載新軟體就會變得不穩定。
我想說:我的電腦下載新軟體時常當機。

阿正

「電腦當機」可以用 crash、stall 或 freeze (up) 來表示,通常當機最容易發生在下載(download)或安裝(install)程式的時候。你可以說:

● **My computer always crashes when I download new software.**
我的電腦下載新軟體時老是當機。

● **My computer keeps crashing. I'm not sure whether it's a software or hardware issue.**
我的電腦一直當機。我不確定是軟體還是硬體的問題。

● **My computer stalled when I tried to install the new software**
我的電腦在安裝新軟體時當掉了。

● **My computer keeps freezing up. I must have a virus.**
我的電腦一直當掉。一定是中毒了。

你懂不懂規矩啊?

班上來了一個新生,我跟他收保護費,他卻不理我。我想說:你懂不懂規矩啊?

閃電香

這……收保護費……不好吧?會想用英文收保護費,可見你還滿聰明好學的,小編還是要勸你回頭是岸,千萬不要聰明反被聰明誤啊!

● **Don't you know the rules?**
你懂不懂規矩啊?

● **Don't you know how things work around here?**
你不知道這裡的規矩嗎?

你少蓋了！

有個朋友跟我說他現在有八個女朋友。
我想說：你少蓋了！說謊鼻子會變長。

小琳

哇！八個女朋友？任誰聽到都會覺得他在說假的
吧。叫人不要說謊，你可以說：

● **Stop making things up!**
  別鬼扯了！

● **Stop telling tales.**
  不要編故事了。

● **Stop lying.**
  別說謊。

至於說謊鼻子會變長的說
法，騙騙小孩子還可以，對
付這種花心大蘿蔔恐怕沒用什麼
吧！

● **If you lie, your nose will grow.**
  如果說謊，鼻子會變長。

● **You shouldn't lie, your nose
  will grow.**
  你不應該說謊，你的鼻子會變長。

● **Don't lie, your nose will grow.**
  別說謊，你的鼻子會變長。

我要坐這裡

在校車上看到空位，想問是否可以坐在這個位子。
我想要說：我可以坐在這嗎？
我這樣說：May I take this seat?

小詹

你的說法就文法來說並沒錯，但美國人通常不會這樣
問，而是問這裡有沒有別人要坐，或是就直接坐了：

● **Is this seat taken?**

● **Is anyone sitting here?**
  這裡有人坐嗎？

若是看到有人占用座位，要請人把座位上的東西移
開，則說：

● **Could you move your bag, please?**
  可以麻煩你把包包拿開嗎？

透過別人認識他

跟朋友聊到 Mary 跟 Linda 是舊識，我會認識
Linda 是透過 Mary 介紹。
我想說：我透過 Mary 認識 Linda。

佩佩

像這種「透過」甲認識乙的情形，就 through 這
個字：

● **I met Linda through Mary.**

● **I know Linda through Mary.**
  我透過瑪麗認識琳達。

● **I was introduced to Linda by Mary.**
  是瑪麗介紹我和琳達認識的。

● **Mary used to work with Linda.**
  瑪麗以前跟琳達是同事。

● **Mary and Linda went to high school together.**
  瑪麗和琳達是高中同學。

鬼遮眼，亂瞎拼

我跟朋友趁百貨公司打折去購物，買了一堆東西，信用卡也刷爆了，回家後發現有些東西完全用不上，甚至買到瑕疵品，這就是貪小便宜的後果。
我想要說：他們欺騙了我。
我這樣說：They fool me.

Shinny

因為這已經是過去的事，所以應該用過去式：They fooled me.，不過要表示「被敲竹槓」，更自然的說法是 rip off：

● **I was ripped off.**
我被敲了一筆。

● **They ripped me off.**
他們敲了我一筆。

rip off 也可以當名詞：

● **This thing doesn't even come with batteries. What a rip off!**
這個東西連個電池都沒有附。簡直是坑錢嘛！

要表示消費被騙，你還可以用 gyp 這個字，一樣也是可當動詞和名詞：

● **They didn't tell me meals weren't included in the price. I got gypped.**
他們沒告訴我餐點不包含在費用裡。我被坑了。

● **A hundred dollars for a steak? What a gyp!**
一客牛排一百塊？根本是騙錢嘛！

「敲竹槓」還可以說 fleece：

● **Don't buy anything in the tourist district—you'll get fleeced.**
不要在觀光區買任何東西，你會被坑。

在台灣有百貨公司年終週年慶，在美國則是聖誕節後大降價的血拼季，此時許多人都會失心瘋，大買特買無法自拔，要形容這種狀況，你會用得上這些句子：

● **Becky is a total _shopaholic_.**
貝琪是個不折不扣的購物狂。

● **She _maxed out_ all her credit cards during the holiday shopping season.**
她在年終購物季時把她所有的信用卡都刷爆了。

● **Shelly's husband cut up her credit cards after she went on a wild _shopping spree_.**
雪莉瘋狂掃貨後，她老公就把她的信用卡給剪了。

● shopaholic（購物狂）這個字的概念來自 alcoholic（酗酒者）這個字。英文中尚有很多用 -holic 結尾的字，用來形容「對……上癮」。

● max out 為「達到上限」的意思，max out one's credit card 就是「卡刷爆了」。

● spree 可當動詞或名詞，為「沒有節制地做某事」，除 shopping spree（瘋狂購物）外，常聽到的連用詞還有 eating spree（大吃大喝）、killing spree（縱慾殺戮，即在短時間內屠殺多人）等。

印相機操作方式

朋友抱怨印相機壞了，我告訴她這是因為她操作錯誤，把印相紙放錯位置了。
我想要說：這台印相機的相紙應該放在送紙匣內，然後由前方送紙口印出。
我這樣說：You should insert the photo paper into this paper cassette, and get the printouts from the front tray.

Rose

印相機、影印機或是印表機的「送紙匣」，美語會說 paper cassette 或 paper tray。而印製完畢的「出紙口」叫做 output tray 或 exit tray。你可以說：

● **You need to insert the photo paper into the paper cassette.**
你得把相紙放在送紙匣內。

● **Then you can pick up the finished photo from the output tray.**
印好的照片可從出紙口取出。

其實你不必使用那麼技術性的字眼：

● **You put the paper in the wrong tray.**
你的紙放錯紙匣了。

● **You put the paper in this tray, and then remove your print from that tray.**
紙要放在這個紙匣，印好的紙從那個紙匣取出。

或者用更簡單的說法：

● **You put the paper here, and it comes out there.**
把紙放在這裡，會從那一邊出來。

output tray
出紙口

photocopier 影印機
也稱作 printer、copier 或 copy machine

出國拍照交朋友

在外國旅遊時和外國美眉或姊姊合照，希望留下美好的紀念。
我想要說：一起照張相好嗎？
我這樣說：May I take a picture with you?

小鐘

你說得完全正確啊！「與誰合照」就是 take a picture with...。你也可以說：

- **Can you take a picture with me?**
- **Would you take a picture with me?**
  你可以和我照張相嗎？

外出旅遊時，想請別人幫自己照相，則可以這麼說：

- **Can you take a picture for me?**
  你可以幫我照張相嗎？
- **Could you take a picture for me?**
  可以請你幫我照張相嗎？
- **Could you take our picture for us, please?**
  可否麻煩您幫我們照張相？
- **Would you mind taking a picture for me?**
  你介意幫我照張相嗎？

如果是要對著別人照相，你或許需要先徵詢對方的同意：

- **Is it OK if I take pictures in the store?**
  我可以在這間店裡照相嗎？
- **Is photography allowed in the museum?**
  在博物館裡可以拍照嗎？
- **Do you mind if I take a picture of your baby?**
  你介意我照你的寶寶嗎？

若想藉此機會交個朋友，別忘了問聯絡方式，好寄照片給人家：

- **If you give me your e-mail address, I'll send it to you.**
  如果你給我你的電郵，我可以寄照片給你。

inkjet printer 噴墨印表機
使用墨水匣（ink cartridge）

laser printer 雷射印表機
使用碳粉匣（toner cartridge）

dot matrix printer 點陣式印表機
又稱針式印表機，利用鋼針（pins）撞擊色帶（ribbon）印出點陣組成的字或圖，目前已較少見，生活中最常見的運用是補登銀行存摺。

color laser printer 彩色雷射印表機
使用彩色碳粉匣（color toner cartridge）

feeder (tray)
（手動）送紙匣

paper cassette
送紙匣

dye-sublimation printer 熱昇華印表機
簡稱 dye-sub printer，不同於噴墨彩色列印的照片會有細點，熱昇華印表機使用熱轉印色帶，可印出非常自然的照片，還具有防水功能，常運用於塑膠、馬克杯、T恤等產品上。

photo printer 印相機
指專門讓人連接照相機或記憶卡，直接印出相片的機器。

compact photo printer 迷你印相機
標榜即拍即印。

67

讚美老闆

在公司看到老闆搭配一條特別的領帶，想要讚美他。
我想要說：你的領帶很適合今天的裝扮，看起來很好。
我要這樣說：Your tie is very special...。

Melody

一整身的衣著裝扮是 outfit，你可以這樣說：

● **That tie looks great with your outfit.**
你的領帶跟你這身衣服很搭。

● **That tie goes well with your suit.**
那條領帶跟你的西裝很配。

● **You have great taste in clothes.**
你的穿衣品味真好。

但你總不能每次都誇獎老闆的服裝，下次試著稱讚一下髮型：

● **I like your new haircut.**
我喜歡你新剪的髮型。

● **Your new hairstyle makes you look younger.**
你的新髮型讓你看起來變年輕了。

還可以提一下他的精神和氣色：

● **You look like you're in a good mood today.**
你今天看起來心情很好喔。

● **Your complexion is looking better since you started eating vegetarian.**
你開始吃素之後，氣色越來越好了。

大一號的鞋子

在外國鞋店買鞋。
我想說：我要大一號的鞋子。
我要這樣說：I need a pair of bigger shoes by one degree.

城城

鞋子的「尺碼」跟衣服一樣，都用 size 這個字表示。想要大一號的鞋子，你可以說：

● **I want this pair of shoes, but one size larger.**
我要這雙鞋，不過要大一號的。

如果是要小一點的，就說：

● **Do you have these in a smaller size?**
你們這雙鞋有沒有小一點的尺寸？

要是對顏色、款式不滿意：

● **Do you have these shoes in black?**
這款鞋有黑色的嗎？

● **I don't like the pointy toes on this pair.**
我不喜歡這雙，頭太尖了。

● **I'm looking for short-top boots. Could you show me some?**
我想要買短靴，請幫我介紹好嗎？

● **Do you have any suede shoes here?**
你們有賣麂皮鞋嗎？

● **Do you have something like these but without laces?**
你們有類似這雙，但不必綁鞋帶的鞋嗎？

來來來，大落價囉！

大賣場在促銷期間，我們公司有很多試吃和買一送一的宣傳手法。
我想要說：買一送一。
我這樣說：Buy one item with another similar item presented free.

白白

只要逛一圈大賣場，總是可以看到一些促銷活動，假如有一天你到了國外的超市，對著琳琅滿目的標語和促銷，卻看不懂、聽不懂，豈不是虧大了？

你問的「買一送一」，通常會說：

● **Buy one, get one free!**
● **Two for the price of one!**
  買一送一！

賣場人員在推銷時，還會說：

● **Free samples!**
  歡迎免費試吃！

● **Would you like a sample packet?**
  要不要一包試用包？

● **We're having a special on milk today. Buy one, get one free!**
  我們今天鮮奶有特價，買一送一！

● **Pork chops are two for the price of one!**
  豬排現在買一送一！

● **Buy any men's shirt and get the second for half price!**
  男裝上衣第二件半價！

● **Women's sweaters are half off today!**
  女裝毛衣今天打五折！

● **All paperback books are 20% off this week.**
  所有平裝書本週都打八折。

● **Supplies are limited! Get them while they last!**
  數量有限！趕緊搶購售完為止！

● **Today is the last day!**
  Don't miss the sale!
  今天是活動最後一天！
  別錯過大拍賣喔！

如果你在大賣場工作碰到外國朋友，想要多開發一個「國際客戶」，你可以試著說：

● **This is our newest flavor. Everyone loves it!**
  這可是我們的最新口味，很受大家歡迎喔！

● **Try it! There's no need to buy, but one taste and you'll love it!**
  試試看！不買沒關係，但一吃就會愛上！

客人終於買單，你可以再追加幾句：

● **If you buy a thousand NT's worth, I can give you a ten percent discount.**
  你如果買滿一千元，我可以給你打九折。

● **If you buy another bottle, I'll throw in a free refill package.**
  你再買一瓶，我就再送你一包免費補充包。

● **I can't give you a bigger discount, but I can throw in free delivery.**
  我沒辦法給你更優惠的折扣，但我可以加碼幫你免費送到家。

但如果你是顧客，遇到很盧的推銷員，你可以說：

● **Thank you but I don't like to eat / drink these kinds of things.**
  謝謝，不過我不喜歡吃／喝這個東西。

● **Sorry, I'm not interested.**
  對不起，我對這沒興趣。

● **I'm just looking. Thanks anyway.**
  我只是看看而已。謝謝囉。

肉肉的

我知道說人「胖」的英文有 fat、heavy 等形容詞。但是有些人還不到胖的地步，只是比較豐腴，有點「肉肉的」，請問英文該怎麼說呢？

圓圓

thick

voluptuous 的口語說法，特別形容臀部和大腿偏大的人。

● Dwayne only dates thick girls.
戴文只和屁股大的女生約會。

要形容豐腴的女生，可以用以下幾個形容詞：

curvy

形容臀部和胸部豐滿的女人，但強調「細腰」，也就是我們常說的「前凸後翹」。

● Stella wore a tight dress to show off her curvy figure.
史黛拉穿了件緊身洋裝來展現她前凸後翹的身材。

voluptuous

也用來形容豐腴的女性，甚至略微肥胖，比較接近你說的「肉肉的」。

● Marilyn Monroe was famous for her voluptuous figure.
瑪麗蓮夢露以性感豐腴的身形著稱。

plump

形容人雖然胖胖的，但還頗可愛。

● Becky has a pleasingly plump figure.
貝琪有著圓滾滾的可愛身材。

buxom

強調胸部豐滿。

● The actor showed up at the award ceremony with a buxom blonde on his arm.
那位演員挽著一名金髮肉彈現身頒獎典禮。

full-figured

雖然胖，但還算有線條。

● The boutique specializes in fashions for full-figured women.
這間精品店專門賣潮流服飾給大尺碼的女性。

chubby

跟 plump 類似，不過通常用來形容健康嬰兒或小孩的「嬰兒肥」，或是年輕人稚氣未脫的臉型和身形。

● Your little sister is so cute with her chubby cheeks.
你妹的臉頰胖嘟嘟好可愛喔。

選修？必修？

我剛升上大學，想詢問像「必修」、「選修」這些與選課相關的單字要怎麼說？

Wen

進大學一開始要面對的就是選課（register for courses），由於課程分為必修（required courses）跟選修（elective courses），你得先弄清楚每學期（semester）所需的學分（credit）總數，再決定修哪些課。下面提供些選課時用得到的好用句：

● **Is this class required, or is it an elective?**
這門課是必修還是選修？

● **How many credits is your biology class?**
你選的生物課有多少學分？

● **This history class is three credits.**
這門歷史課是三學分。

● **All my courses this semester are required.**
我這學期所有的課都是必修。

● **I've completed all my required courses.**
我已經修完我的必修課了。

外國人來銀行辦事

我在銀行上班，有一天忽然碰到外國客戶。我想跟他說：
1. 先生，要存款、取款，還是匯款？
2. 您要兌現旅行支票嗎？
3. 本銀行並沒有承辦此項業務，建議你到旁邊的另一家銀行辦理。

Anny

到銀行辦事，不外乎要開戶（open an account）、存款（deposit）、提款（withdraw）、匯款／轉帳（wire transfer 或 transfer）或付帳（make a payment）等，而「兌現」的動詞為 cash，「旅行支票」則叫 traveler's check。

● **Would you like to make a deposit, withdrawal or wire transfer?**
請問你要存款、取款，還是匯款？

休息？還是過夜？

我在汽車旅館工作，碰到外國客人時，我該如何服務？
我想要說：請問要住宿還是休息？
我這樣說：Would you like to stay or take a rest?
我還想說：幾點要幫你送早餐到房間？
我這樣說：What time can I take your breakfast for your room?

美美

你所說的「休息」在美國叫 short time，而「休息客房」則稱做 short time room。其實，想知道客人要休息還是住宿，只要問他要待多久就行了。

● **How long will you be staying, sir?**
請問您會待多久呢，先生？

如果你真的要問得那麼明白，就說：

● **Will you be staying overnight, or just for a short time?**
您要過夜？還是只要休息？

● **Would you like a regular room, or a short time room?**
您要開一般客房？還是休息客房？

確認送早餐的時間，可以說：

● **What time should I have breakfast sent to your room?**
我應該幾點鐘送早餐到您的房間？

● **When would you like your breakfast sent up?**
您希望您的早餐何時送上？

● **You'd like to cash a traveler's check?**
您要兌現旅行支票嗎？

如果他要辦的業務比較特別，你這間銀行沒有辦理，就可以說：

● **I'm sorry. Our bank doesn't offer that service.**
抱歉，本行並未承辦此項業務。

● **You can try the bank next door.**
你可以到旁邊那家銀行試試看。

上網聊天練英文

在英文聊天室裡常問對方「你是否常上網聊天？」這句話的英文要怎麼說？如果別人這樣問我，又該怎麼回答呢？

Becky

上網聊天幾乎已成現代人必備的娛樂之一，若是遨遊在英文聊天室裡，則一方面兼顧娛樂交友，一方面又可以練習英文，面對這麼上進的讀者，EZ TALK 更是要用心的回答你的問題啦。你可以這麼說：

- **Do you often chat online?**
  你常上網聊天嗎？

如果對方問你是否常上網，你的答案則不外乎是以下幾種。不過為了留給對方問下一個問題的空間，我們不給你太「簡潔有力」的答案（劃底線處），如此你們的對話才可以繼續下去囉。

- <u>Pretty often.</u> Usually, I spend about 3 hours a day chatting online.
  常啊，通常一天都花三小時左右在線上聊天。

- <u>Sometimes.</u> I'm usually too busy with work / homework.
  偶爾，因為我平常的工作／課業很忙。

- <u>Almost never.</u> I prefer to chat with people face to face.
  幾乎不，我比較喜歡跟人面對面聊天。

你接下來可以問對方一些關於他自己的問題，讓你們儘快熟絡起來。

- **What county are you from?**
  你來自哪個國家？

- **How is the weather over there?**
  你那邊的天氣如何？

- **What are some of your interests?**
  你有哪些興趣？

- **What stars / sport teams / movies do you like?**
  你喜歡哪些明星／球隊／電影？

- **Are you working or going to school?**
  你已經就業？還是仍在學？

- **What is / was your major in school?**
  你在學校主修什麼？

如果你們已經聊開了，或許可以試試下面這幾句：

- **Do you have a boyfriend / girlfriend?**
  你有男／女朋友嗎？

- **Can we exchange pics?**
  我們可以交換照片嗎？

- **Can I call you?**
  我可以打電話給你嗎？

我要做個大善人！

有人問我會怎樣幫助貧窮地區的人。
我想說：我會叫我的家人捐錢。
我這樣說：I will told my family donate some money.

San

你會這樣回答，應該是你自己還沒有足夠能力幫助窮人吧。你的句子主要的問題有二：一是要拜託別人做事，應該用表示「拜託，請求」的 ask，tell 的字意偏向使喚人或通知人，不能用在這裡。第二個問題是文法，will 後面要接動詞原形，再後面要接不定詞（to + V），看例句你就明白了：

- **I will <u>ask</u> my family <u>to donate</u> some money.**
  我會拜託我的家人捐錢。

但幫助貧窮地區的人，不一定只有捐錢一途，你也可以說 I will...：

- **participate in a charity event**
  參與慈善活動

- **do volunteer work in a poor country / area**
  到貧窮國家／地區做義工

- **give blood at a blood donation center**
  到捐血中心捐血

- **donate old clothes to charity**
  捐出二手衣給慈善機構

等到你開始賺錢，就不必靠家人出錢了：

- **bid on items at a charity auction**
  參加義賣會，出錢競標

- **donate a percentage of my earnings**
  捐出一定比例的所得

- **adopt an orphan from a developing country**
  領養開發中國家的孤兒

網路聊天常用縮寫語

有時候也會在日常生活對話，或聊天室用一些縮寫，讓溝通更迅速。以下這些縮寫語書寫和口語都通用：

ASAP (as soon as possible)
愈快愈好

一般書寫或口語都可使用，讀作 A-S-A-P，有時有會聽到有人說 ASAP [ˋesæp]。
● Please let me know if you're coming ASAP.
如果你要來，請盡快讓我知道。

RSVP
請回覆

從法文 répondez s'il vous plait 這句話而來，代表「請回覆」。
● RSVP by e-mail if you're coming.
如果你要來，請用電子郵件回覆給我。

LOL (laughing out loud)
笑死我了

讀法為 L-O-L 或 [lɔl]。
● LOL! That was so funny!
笑死我了，那真是太好笑了！

BFF (best friend(s) forever)
永遠是最好的朋友，友誼長存
● Me and Kelly are BFFs.
我和凱莉是永遠的好朋友。

OMG (oh my god)
我的天啊

為強調諷刺意味，口語有時會故意說成 O-M-G 而不說 oh my god。
● OMG, what a loser!
我的天啊，真是個廢柴！

SO (significant other)
另一半

用來指某人的男／女朋友或先生／太太。
● I had a big fight with my SO last night.
我昨晚和我家那口子大吵一架。

以下這些縮語只用於書寫，一般口語不太會說：

BTW (by the way)
順帶一提
● BTW, don't forget our date on Friday.
對了，別忘了我們星期五有約喔。

TTYL (talk to you later)
晚點再聊

BRB (be right back)
馬上回來

XOXO (hugs and kisses)
抱抱親親

IMHO (in my humble opinion)
這是我個人淺見
● IMHO, the sequel is much better.
個人覺得續集好看很多。

ISO (in search of)
尋找

通常出現在尋人啟事或是分類廣告上，例如 SWM ISO SWF 就是 single white male in search of single white female（單身白人男性尋找單身白人女性），或是 kitten ISO good home（小貓欲尋良好收養家庭等）。

NP (no problem)
不謝，沒關係

THX (thanks)
謝啦

L8R (later / see you later)
掰啦，再見

CU (see you)
掰掰

也常拼寫為 CYA (see ya)。

I'm stuffed. 很低級？

在紐西蘭的寄宿家庭吃完飯。
我想要說：我已經吃飽了。
我這樣說：I'm stuffed.
但寄宿家庭的人卻說這是低級的話，不可以說。
那我該怎麼說才好呢？

文玲

英文是相當國際化的語言，各英語系國家彼此必然會有差異。就像中國大陸的用語和台灣的中文也不盡相同，例如台灣的口香糖在大陸人的口中成了「口膠」，聽起來讓人頗尷尬。同理，英式英語與美式英語的慣用語和口語之間就不相同。而新加坡更因其環境與文化背景的關係，衍生出新加坡式英文（Singlish）。這可能要實地走訪各個國家，才能體會其中的差異。

到別人家做客，酒足飯飽之際，想要奉承主人做的菜美味極了，口語上可以這樣說：

● **I'm stuffed. It was so delicious!**
  我吃得好撐喔。真好吃！

在美語中，I'm stuffed. 這句話的確猶如中文的「我吃得好撐。」但在英國和紐澳等地，Get stuffed! 就等同於 Fuck off! 的意思，所以千萬要小心，不能亂用啊！而這時最沒有問題的說法，就是 I'm full. 所以妳可以這樣說：

● **I'm full, thank you. It was wonderful.**
  我吃飽了，謝謝。很好吃。

Bu-urrrpp

為什麼吃不下？

朋友晚上沒吃東西，她說她下午有吃，肚子還很飽。
我想要說：妳今天有吃下午茶嗎？妳吃了什麼？
我要這樣說：Did you have a tea-time this afternoon?
What did you eat?

Fanny

「吃」的動詞，用 have 或用 eat 都可以。妳的問題可以這樣問：

● **What did you eat/have?**
  妳吃了什麼？

● **Did you have afternoon tea?**
  妳去喝下午茶嗎？

● **Did you have an afternoon snack?**
  妳下午有吃點心嗎？

● **Did you have a late lunch?**
  妳午餐吃得比較晚嗎？

● **What did you eat this afternoon?**
  妳今天下午吃了什麼？

● **That's a lot of food. No wonder you're not hungry.**
  吃這麼多。難怪妳現在不餓。

● **I'll save some for you, and you can have it later.**
  我幫妳留一點，妳晚一點再吃吧。

● **Or you can just have some soup for dinner.**
  不然妳晚餐喝湯就好了。

「今天糟透了」該怎麼說？

有人問我今天過得如何？
我想說：我今天糟透了，有夠倒霉。
我這樣說：I'm in big trouble.

Nicole

trouble 雖然有「煩惱，憂慮」的意思，但是 I'm in big trouble. 可不是「我很煩惱。」而是「我惹了個大麻煩。」如果妳要表示心情不是很好，做什麼事都沒勁的話，應該這樣說：

● **I'm having a terrible / horrible day.**
  我今天糟透了。

● **I've been having bad luck all day.**
  我最近很衰。

● **Everything's been going wrong today.**
  每件事都不順我的意。

● **Nothing seems to be going right today.**
  今天似乎諸事不順。

一堂課多少錢？

在電話中跟一位外籍老師會談，討論第一次上課的事宜。

我想要說：請問一節課多少錢？

我這樣說：How much does one class cost?

Jasper

這樣問沒有錯，除此之外你還可以這樣說：

- **How much do you charge per class?**
  你一堂課收多少錢？

不過最好再問詳細一些，誰知道一堂課要上多長呢。你可以說：

- **How much do you charge for a two-hour class?**
  一堂兩小時的課多少錢？

決定地點

- **Somewhere near a station on the blue MRT line would be most convenient.**
  約在捷運藍線的車站附近最方便。

- **Are there any fast food restaurants near there?**
  那附近有速食店嗎？

- **There's a 7-Eleven on Chungshan North Road that has plenty of seating.**
  中山北路上有一間 7-11 裡面座位很多。

- **How about meeting at the Starbucks near the NCCU entrance?**
  我們約在政大校門口那邊的星巴克如何？

- **I'll see you on Tuesday at seven in front of the Gongguan Station, then.**
  那我們就星期二晚上七點公館站前見。

找老師幫你上課，還有很多細節需要喬：

討論時間

- **I work during the day, so I can't start class till seven.**
  我白天要上班，晚上七點後才能上課。

- **Do you have time on Wednesday and Friday evenings?**
  請問你星期三和星期五晚上有空嗎？

- **I'd like to meet for three classes a week if possible.**
  如果可以的話，我希望一個星期上課三次。

- **On Saturday and Sunday, any time is fine.**
  星期六和星期天任何時段我都可以。

要求授課內容

- **I'd like to improve my conversation and writing skills.**
  我希望加強會話和寫作能力。

- **I'd like to have you correct my compositions.**
  我要請你幫我批改作文。

- **I want to learn business English.**
  我想上商業英文。

- **I'd like to study newspaper and magazine articles in class.**
  我希望用報紙和雜誌的文章上課。

- **Would it be possible to use TV show dialogs as teaching materials?**
  能夠用電視影集的對白當教材嗎？

Studies master career job education internship training success future perspective

受訓和實習

被他人問及關於工作上的事情。
我想要說：八月初我將受訓一個月，然後便開始實習。
我這樣說：I will receive training in August. Then I will start to practice.

Wendy

初進公司所受的「員工訓練」是 employee training，也可叫 on-the-job training，而 intern 及 internship 則多半指剛畢業學生的「實習」，通常只是為了獲得經驗，並不支薪，也可指準醫生所接受的「臨床實習」。至於一般公司行號的「試用期」，在美語中為 trial period 或 probationary period。所以妳的情況可以這樣說：

● **I'm going to receive a month of employee training in August.**
我將在八月初接受一個月員工訓練。

● **Then I'll start my trial period at the company.**
然後進入公司試用期。

● **If I pass the evaluation at the end of my three-month trial period, I'll be offered a permanent position.**
如果三個月試用期滿通過考核，我就會成為正式員工。

● **If I don't pass the evaluation, I'll be looking for work again.**
如果沒通過考核，我就又得開始找工作了。

幫倒忙

別人請我幫忙，而我卻三番兩次幫倒忙。
我想要說：對不起，我又搞砸了，我該如何彌補？
我這樣說：I'm sorry! I am wrong again. How can I help it？

J.J.

「出鎚、搞砸了」有很多說法，你可以說：

● **I blew it.**
● **I screwed up.**
我搞砸了。

不過這兩句話若是在長輩的面前說，會有點沒大沒小的感覺，建議你用 mess up 來表達這樣的情況。

● **I'm sorry. I messed up again.**
對不起。我又搞砸了。

另外，要「彌補，補償」某人，就是 to make it up to someone (for something)，所以你可以說：

● **How can I make it up to you?**
我要如何補償你呢？

廁所有人！

有一次跟剛遊學回來的朋友聊天，他說他在外國上公共廁所時，外面突然有人敲門，害他不知所措。
他想要說：裡面有人。
他這樣說：This seat is taken. 請問對嗎？

Charlie

如果是在電影院裡或巴士上，跟人說「這位子有人坐了」他這樣說就沒錯。但用在廁所裡就有點好笑了，應該要說：

● **Occupied.**
有人。

Occupied

請問有何貴事？

主管外出時，我幫他接電話，如果對方請主管回電，我需要問清楚他想要討論什麼事。我想請問他有什麼事，英文要怎麼說？

小寶

只要說出以下其中一個句子，電話那頭的人自然就會交代來電目的：

- **Can I ask what this is regarding?**
  有何貴幹？

- **What is this in regard to?**
  請問有什麼事嗎？

- **Could you tell me what this is in reference to?**
  你能否告訴我來電目的？

要買袋子嗎？

我是便利商店的店員，想跟外國人說：「若需要塑膠袋，須付一元購買。」

傑克

看到客人買了一堆東西帶不走，可以問一聲：

- **Do you have a bag?**
  你有袋子嗎？

- **Do you need a bag?**
  需要袋子嗎？

- **We don't provide free plastic bags.**
  本店不提供免費塑膠袋。

- **If you need a plastic bag, you can buy one for one NT.**
  若需要塑膠袋，可以付一元買一個。

或是提供其他替代方案：

- **We sell reusable shopping bags. Would you like to buy one?**
  我們有賣環保購物袋。你要買一個嗎？

- **I can give you a cardboard box.**
  我可以給你一個紙箱。

最後，你也可以給他們一個省錢又環保的建議：

- **The next time you come, you might want to bring your own bag.**
  下次您來店時，可以自備購物袋。

拍馬屁＋打小報告

辦公室有些人老愛拍老闆馬屁，覺得這些人真討厭，想告誡他們。
我想說：你少拍老闆馬屁了，也別再打小報告。

June

「拍馬屁」可以這樣說：

- **Stop kissing up to the boss.**
  別再拍老闆馬屁了。

- **Why are you always kissing the manager's ass?**
  你幹嘛老是拍經理的馬屁？

- **All that brownnosing is really annoying.**
  一直拍馬屁真是有夠煩人。

「打小報告」則是：

- **Stop snitching on your co-workers!**
  別再打同事的小報告！

- **Nobody likes a snitch!**
  沒人喜歡抓耙子！

- **You shouldn't tattle on your friends.**
  你不該打你朋友的小報告。

狗腿小人快滾開！

- **kiss up to sb.** 拍某人馬屁（較文雅說法）
- **kiss (sb's) ass** 拍馬屁
- **brownnose** (v.) 拍馬屁
- **snitch** (v./n.) 打小報告；告密者
- **tattle** (v.) 打小報告（有小學生向老師告狀的意味）

更換套餐菜色

在宿舍餐廳，我點了一份 3.99 元的套餐。
我想說：抱歉，我能以相同的價錢買這份套餐，但是將雞肉換成另一份蔬菜嗎？
我要這樣說：Excuse me, may I exchange my chicken to another order of vegetable and still get the same price?

Jean

套餐（set meal）的配菜，在美語中就是 side (order)。將原來的東西取而代之，妳可以用 instead of 來表達。

● **Can I have an extra side of vegetables instead of the chicken for the same price?**
  我能夠以相同的價錢，把配菜的雞肉換成蔬菜嗎？

我們沒有說妳是奧客的意思，但既然聊到這個話題，我們乾脆多講一點吧。要換菜的理由很多，妳可能會說：

● **I don't eat seafood. Could I change the fish to chicken?**
  我不吃海鮮，可以把魚換成雞肉嗎？

● **I'm allergic to dairy. Can I switch the cheesecake to another dessert?**
  我對乳製品過敏，可以幫我把乳酪蛋糕換成別的甜點嗎？

● **I'm on a diet. Could I change the drink to a mineral water?**
  我在減肥，我可以把飲料換成礦泉水嗎？

● **Is there an extra charge if I change the coffee to a latte?**
  如果把副餐的咖啡換成拿鐵咖啡，要補差價嗎？

好好談，偷偷做

讓我們好好地談一談，「好好地」要怎麼說？我們偷偷地進去，「偷偷地」要怎麼說？

Sunny

妳這裡所謂的「好好地」，應該是指那種正經而嚴肅的意思：

● **We need to sit down and have a good talk.**
  我們得坐下來好好談一談。

● **We need to have a serious talk.**
  我們得好好談一談。

一般來說，「偷偷地」就是指「暗地裡、祕密地」，美語中可以用 secretly 或 in secret：

● **Bob secretly recorded the conversation with his boss.**
  鮑勃偷偷把他跟老闆的對話錄下來。

● **The prisoners met in secret to plan their escape.**
  獄友們祕密集會，策劃逃獄。

想表達「偷偷摸摸」，還有其他講法：

● **The lion moved <u>stealthily</u> toward the zebra.**
  那隻獅子悄悄地靠近斑馬。

● **Steve <u>peeked</u> at his classmate's test paper.**
  史蒂夫偷看他同學的考卷。

● **Stella <u>crept</u> up the stairs, afraid that someone would hear her.**
  史黛拉躡手躡腳上樓，深怕有人會聽見。

● **We <u>snuck into</u> the theater and saw the movie for free.**
  我們溜進戲院，免費看到電影。

● **Tom <u>snuck out of</u> the house after his parents went to bed.**
  湯姆趁他爸媽去睡覺時溜出家門。

除了換菜，點餐時也可能會請廚房調整烹飪方式：

- **I have high blood pressure. Can you make that low-sodium?**
  我有高血壓，可以幫我特製成低鹽的嗎？

- **My kids don't like spicy food. What do you have that's not spicy?**
  我的小朋友怕辣，有什麼菜是不辣的？

- **I like spicy food. Could you make that extra hot?**
  我愛吃辣，可以幫我做特辣嗎？

- **I'd like a Caesar salad with the dressing on the side.**
  我的凱薩沙拉醬汁要放旁邊。

- **Could I have the fish steamed instead of fried?**
  炸魚能幫我改成用蒸的嗎？

- **Can we have the soup without tomatoes? My son doesn't eat them.**
  這道湯裡可否不要加番茄？我兒子不敢吃。

- **I'd like a virgin margarita.**
  我要無酒精的瑪格麗特。

點餐時，你若是對某些食材有疑慮，最好先問清楚再做決定：

- **Are your salads made with organic produce?**
  你們的沙拉是有機食材做的嗎？

- **Is the orange juice fresh squeezed?**
  果汁是現榨的嗎？

- **I'm allergic to nuts. Are there any dishes I should avoid?**
  我對堅果過敏，這裡有哪些菜是我不該點的？

- **Where is the beef you use from?**
  你們用的是哪裡產的牛肉？

- **Is your seafood fresh or frozen?**
  你們的海鮮是新鮮的還是冷凍的？

- **What kind of cheese do you use for the cheeseburger?**
  妳們的起司漢堡是用哪種起司？

請戴安全帽

某天我騎車發現旁邊有位外國人沒戴安全帽，我想告訴他這樣是違法且不安全的。
我說：Your act is not lawful and dangerous. Safety first!
這樣對嗎？

Jane

騎車不戴安全帽（helmet）真的很危險！同時，交通號誌（traffic light，亦叫 stoplight）也是我們大家該遵守的。碰到有人不戴安全帽或不遵守交通規則，你可以說：

- **What you're doing is dangerous and illegal!**
  你的行為很危險，而且違法！

- **Safety first!**
  安全第一！

不過以上兩句話似乎太官腔了點，委婉一點的說法是：

- **You should wear a helmet when you're riding.**
  你騎車時應該要戴安全帽。

- **The traffic in Taiwan is really dangerous.**
  台灣的路況真的很可怕。

- **If you don't wear a helmet, you may get stopped by the police.**
  如果你不戴安全帽，你可能會被警察攔下來喔。

- **You may also have to pay a fine.**
  你還可能會被罰款。

「插撥」這種功能叫做 call waiting。講電話時,有另一通電話進來,妳可以簡單而直接地說:

● **Sorry, I've got another call.**
很抱歉,我有另一通電話。

● **Wait just a second.**
等一下。

接插撥時怕對方喇太久,可以先說:

● **I'm on the other line, so we'll have to make this quick.**
我還有一通電話在線上等,我們要講快一點。

結束插撥電話回來接原本那通電話,就說:

● **Sorry to keep you waiting.**
抱歉讓你久等了。

● **Where were we?**
我們剛剛講到哪?

我有插撥電話

我的電話有插撥進來。請問「插撥」的英文是什麼?

慧

你讓我流淚

電話中與男友吵架而傷心難過。
我想對他說:你都不疼愛我,每次都讓我傷心。

Liana

希望在替妳解答時,妳已經和男友重修舊好了。男女交往的過程中,爭執難免,但若對方一再傷妳的心(break your heart),妳就得考慮他是否是妳的真命天子(Mr. Right)了!

妳要問的話可以這樣說:

● **You don't love me at all!**
你根本不愛我!

● **You hurt my feelings over and over again!**
你不斷地傷害我的感情!

萬一決定要分手,妳可以這樣說:

● **It's over between us!**
我們之間結束了!

● **We're through!**
我們玩完了!

● **I never want to see you again!**
我不想再見到你!

加油加多少?

加油站打工遇到老外。
我想問以下的句子怎麼說:
一、請問加什麼油?九二、九五、高汽還是柴油?
二、加滿嗎?
三、收你一百元,找你二十元。

Penny

若在加油站遇到了外國朋友,可以先問這一句:

● **What kind of gas would you like? 92, 95, premium or diesel?**
你要加哪一種汽油?九二、九五無鉛、高級還是柴油?

接著問:

● **Fill'er up?**
加滿?

(編註:Fill'er 的 'er 代表 her,美國人通常視車子為女性)

若他不是要加滿,那就可分為兩種情況:
以容積計算
在美國的慣用單位是加侖(gallon),在台灣則是用公升(liter):

● **Give me 5 liters.**
幫我加五公升。

以金額計算

● **Give me 200NT worth.**
幫我加兩百元。

在國外結帳時,通常不會報出找錢金額,而會說:

● **That'll be 80NT, please.**
這樣是八十元。

● **Here's your receipt and change.**
這是您的收據和找零。

● 「汽油」在美國叫 gasoline,簡稱 gas;在英國通常會叫 petrol(石油是 petroleum)。因此「加油站」在美國稱 gas station,在英國則是 petrol station。

● 汽油名稱會因廠牌而異,但最基本可分為:
unleaded gasoline 無鉛汽油
premium gasoline 高級汽油

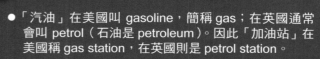

你報稅了嗎？

請問該怎麼樣詢問對方報稅了沒？
我想要說：你報稅了嗎？
我這樣說：Have you pay the income tax?

Hanna

「所得」叫作 income，不過報稅通常不會特別指出是 income tax，關於繳稅，你可能會想要說：

● **Have you paid your taxes yet?**
你繳稅了嗎？

● **Half of my money went to paying taxes this year.**
今年我一半的錢都拿去繳稅了。

● **I filed my taxes last week.**
我上個星期報稅了。

● **I filed my taxes online.**
我透過網路報稅。

● **Tax forms are so complicated.**
報稅單真是複雜。

● **I don't know how to fill out this tax return.**
我搞不懂這份報稅單要怎麼填。

● **I claimed a lot of deductions this year.**
我今年列舉了許多抵稅項目。

● **You can get a special tax deduction if you're married.**
若為已婚者會有特別的扣除項目。

● **You need to provide supporting documents when you file.**
報稅時需要附證明文件。

● **I sent my forms by registered mail.**
我用掛號信寄出報稅單。

繳稅方式

● **I paid my taxes by credit card.**
我用信用卡繳稅。

● **I used a bank transfer to pay my taxes.**
我透過銀行轉帳繳稅。

● **My taxes were automatically deducted.**
我的稅金採自動扣繳。

退稅與節稅

● **I didn't need to pay extra taxes this year, and I even got a refund!**
今年我不必另外繳稅，還獲得退稅！

● **I didn't know how to reduce my taxes, so I paid more money than I needed to.**
以前我不知道節稅的方法，多花不少冤枉錢。

逃漏稅

● **A relative of mine was fined heavily for tax evasion.**
我有個親戚因為逃漏稅被重罰。

● **I didn't know I needed to pay taxes, so now I owe a lot in back taxes.**
我不知道我要繳稅，所以欠了一堆稅未繳。

● **I got a notice from the tax bureau that said I need to pay more tax.**
我收到國稅局的通知，說我需要補稅。

報稅必學字

tax form 稅單，在美國也叫 tax return
tax bureau 國稅局
file taxes online 網路報稅
income tax 所得稅
tax deduction 抵稅，扣除（額）
automatic deduction 自動扣繳
tax refund 退稅
tax reduction 節稅
tax evasion 逃漏稅

班對真速配

和同學聊八卦,討論到「班對」
我想說:他們實在太速配了!

卉嵐

妳的問題中提到了「班對」,這讓我們聯想到,在美語中雖然沒有「班對」這種表達法,不過有一個類似的說法,我們倒是可以學一學。

如果妳和妳的另一半是在高中認識而在一起的,當妳回首往事,就可以跟別人說你們以前是 high school sweethearts,如果是大學(college)就是 college sweethearts,不過要注意,比較少人會把小學班對說成 primary school sweethearts。

若妳要稱讚眼前這對璧人簡直是情牽三世,可以這樣說:

● **You two are a match made in heaven.**
你們倆真是天造地設的一對。

● **John and Marsha are a perfect match.**
約翰和瑪莎真是登對。

● **Sally and her boyfriend are perfect for each other.**
莎莉和她男友真是絕配。

● **Ken and Debbie make such a cute couple.**
阿肯和黛比真是可愛的一對。

我要拍藝術照

請問拍藝術照的英文。

小米

妳指的藝術照(glamour photo)是指照片看不太出來是本人的那種,對吧?你可以這樣說:

● **I'm going to get some glamour photos taken.**
我要去拍藝術照。

不過現在手機照相都有很讚的美化功能了,朋友若不懂你為什麼要另外花錢去拍藝術照,你可以解釋:

● **Cell phone selfies are mostly pretty ugly.**
手機自拍大部份都很醜。

● **When I go to get my photos taken, they'll also do my hair and makeup.**
當我去拍照時,他們會幫我設計髮型和化妝。

● **They also have lots of gowns and costumes I can put on.**
他們還有很多禮服和道具服可以讓我穿。

● **And after the shoot, they'll edit the photos to make me look like a star.**
拍完之後,他們還幫會我修圖,讓我看起來像個大明星。

畢業留言

畢業前拿畢業紀念冊給外國老師簽名,請他寫一些勉勵的話。
我想要說:老師,可以請你幫我寫一些話及簽名嗎?
我這樣說:Could you write something and sign your name on it for me?

Jen

台灣是學生在畢業前會有一本畢業紀念冊,而美國的學生則是每年都會拿到一本紀念冊(yearbook),也會拿來請同學或老師在書頁上留言以茲紀念。想請別人在 yearbook 上簽名或留言,都用 sign 這個動詞就好了:

● **Could you please sign my yearbook?**
你能幫我在畢業紀念冊上簽名留言嗎?

辯論不認輸！

在參與辯論（debate）的時候。我想說：我不想屈服於他。請問要怎麼說？

Helen

give in 有「認輸、投降、退讓」等意思。妳可以說：

- **I don't want to give in to him.**
  我不想向他投降。

- **I don't want to lose to him.**
  我不想輸給他。

辯論時，對方不能讓你心服口服的原因不外乎是：

- **His arguments aren't convincing / persuasive.**
  他的論點沒有說服力。

- **I'm a better debater than he is.**
  我辯論比他強。

- **I'm better at public speaking.**
  我公開論述比較強。

有關「辯論」的英文

- **A: Are you for / in favor of gay marriage?**
  你贊成同性戀結婚嗎？
  B: No, I'm against / opposed to it.
  不，我反對。

- **The affirmative / for side beat the negative / against side in the debate contest.**
  在那場辯論比賽中，正方擊敗了反方。

向老外介紹檳榔文化

有外國朋友來臺灣，我想向他介紹台灣的檳榔文化。想知道「檳榔」、「檳榔西施」等單字要怎麼說。

貂蟬

「檳榔」的英文是 betel nut，而「檳榔西施」就是 betel nut beauty。向老外介紹檳榔文化，你可以說：

- **Betel nuts are chewed with lime and other ingredients, and sometimes wrapped in betel leaves.**
  嚼檳榔會連同石灰和其他材料，有時候還會包檳榔葉。

- **Chewing betel nuts can warm you up in the winter.**
  冬天嚼檳榔可以讓身體發熱。

- **Betel nut beauties in sexy outfits are unique to Taiwan.**
  穿著火辣的檳榔西施是台灣的一大特色。

- **They can be seen selling betel nuts at roadside stands all around the island.**
  全島的路邊檳榔攤都看得到檳榔西施。

- **Chewing too much betel nut can cause oral cancer.**
  檳榔嚼多了會引發口腔癌。

夜市美食
大集合

Taiwanese chicken nuggets 鹽酥雞

- **Taiwanese chicken nugget stands also sell fried seafood, vegetables and tofu.**
  鹽酥雞攤也賣炸海鮮、蔬菜和豆腐。
- **Just put the things you want in a basket, and then they'll fry them for you.**
  把要吃的東西夾進小籃子裡，等一下他們會幫你炸。
- **Fresh basil is added when the chicken is almost done to give it a fragrant flavor.**
  鹽酥雞要起鍋時會加入新鮮九層塔增加香氣。
- **Most chicken nuggets have bones, so be careful when you eat them.**
  大部份鹽酥雞都有骨頭，吃的時候要小心。

fried chicken cutlet 炸雞排

- **Fried chicken cutlets are a Taiwanese specialty.**
  炸雞排是一項台灣特色食物。
- **Some places make them so big that they're almost the size of a sheet of A4 paper!**
  有些攤子的雞排甚至大到接近 A4 紙張的尺寸！

© Ray Yu/flickr.com

rice noodle soup 米粉湯

- **This is thick rice noodles in a pork broth. It's often eaten with fried tofu.**
  這是用豬肉高湯煮的粗米粉，經常跟油豆腐一起吃。

oyster omelet 蚵仔煎

- **Oyster omelets are usually made with eggs, oysters, sprouts and Chinese cabbage.**
  蚵仔煎裡面的配料通常會有蛋、蚵仔、豆芽菜和小白菜。
- **And they're flavored with a sweet and sour sauce.**
  還會淋上酸甜的醬汁。

gua bao 刈包

- *Gua bao* **are fatty pork, preserved mustard greens, peanut powder and cilantro wrapped in a steamed bun.**
  刈包是用蒸熟的餐包夾五花肉、酸菜、花生粉、香菜。

夜市真熱鬧

和外國朋友到夜市。
我想要說：夜市這時候最熱鬧了！
我這樣說：The night market is very crowded.

彥清

crowded 這個字只能帶出擁擠的感覺，所以你不妨改說：
- **The night market is busiest in the evening.**
  夜市在晚上最熱鬧。

pig's blood cake 豬血糕

- **Pig's blood cake is made from pig's blood and sticky rice.**
  豬血糕是以豬血和糯米製成。
- **It's often flavored with cilantro and peanut powder.**
  通常會以香菜和花生粉做調味。

©Ruocaled/flickr.com

shengjianbao 生煎包

- *Shengjianbao* are pork dumplings fried in a pan until the bottom is crispy.
  生煎包這種肉包子是用平底鍋煎到底部酥脆。
- This batch is almost sold out, so we'll have to wait till the next batch is done.
  這鍋即將售罄，我們得等下一鍋煎熟了。

pepper bun 胡椒餅

- Pepper buns are baked by sticking them on the inside of a barrel-shaped oven.
  胡椒餅是貼在大水桶狀的炭窯內部烤熟的。
- The filling is made of pork, green onions, pepper and other spices.
  餡料是用豬肉、青蔥及胡椒等香料製作。

small sausage in big sausage 大腸包小腸

- This is a pork sausage wrapped in a sticky rice sausage.
  這是拿灌糯米的米腸包豬肉香腸。
- I guess you could call it a Taiwanese hot dog.
  你可以說這是台灣的熱狗吧。

popiah 潤餅

- Popiah are tortilla-like skins filled with vegetables and meat.
  潤餅是用類似墨西哥玉米餅的餅皮去包蔬菜和肉。
- You have to eat them fast, or the tortilla will get soggy.
  吃這個動作要快，不然餅皮會變得濕濕爛爛的。

oyster vermicelli 蚵仔麵線

- Oyster vermicelli is made with whole oysters and thin wheat noodles, and flavored with cilantro, chilies and black vinegar
  蚵仔麵線是用蚵仔和麵線煮成，用香菜、辣椒和烏醋調味。
- Small pieces of pig intestines are often added for extra flavor.
  還經常會加小小塊的豬腸來增添風味。

sesame chicken soup 麻油雞

- Sesame chicken soup is often used as a tonic by new mothers in Taiwan.
  在台灣，麻油雞是產婦產後常吃的補品。
- It's made with chicken, sesame oil, ginger and rice wine.
  是用雞肉、芝麻油、薑和米酒煮成。

pig blood soup 豬血湯

- Pig blood soup is cubes of congealed blood in a clear broth.
  豬血湯是加了凝結豬血塊的清湯。
- The older generation in Taiwan believes that eating pig blood can remove toxins from the body.
  台灣老一輩相信吃豬血能幫身體排毒。

meat dumpling 肉圓

- Meat dumplings are pork and bamboo shoots wrapped in a chewy skin.
  肉圓包了豬肉和竹筍，外皮有嚼勁。
- They come in two versions: deep-fried and steamed.
  肉圓分成在熱油中浸熟和清蒸兩種版本。

sizzling steak 鐵板牛排

- Sizzling steaks are served on a hot iron platter with either pepper or mushroom sauce.
  鐵板牛排是用高溫鐵盤端出來的，會配黑胡椒醬或蘑菇醬。
- The steaks come with spaghetti, an egg, a roll, soup and a drink, all for a bargain price.
  這種牛排會附義大利麵和雞蛋，一份餐包、湯和飲料，非常經濟實惠。

wheel cakes 車輪餅

- Wheel cakes originated in Japan, and in Taiwan come with many different kinds of filling, both sweet and savory.
  車輪餅源自日本，在台灣發展出許多不同的內餡，鹹甜都有。
- But the traditional azuki bean and custard fillings are still the most popular.
  但傳統的紅豆和奶油餡還是最受歡迎。

不要幸災樂禍！

看到同學被老師修理，我想對一旁的同學說：
請不要幸災樂禍！

Jay

幸災樂禍的意思，就是以別人的苦難（suffering）為
樂。所以你想問的這句話，可以這樣表達：

● **You shouldn't take happiness in others' suffering.**
你不該以別人的痛苦為樂。

其實「幸災樂禍」直接就有一個動詞 gloat 可以表達：

● **It's not nice to gloat over other people's misfortune.**
看到別人倒霉卻幸災樂禍並不厚道。

當然，幸災樂禍可能只是在旁邊偷笑，但有的人甚至還
會落井下石、多酸幾句。若是遇到這種人，我們就應該
要提醒他：

● **Don't hit someone when he's down.**
別打落水狗。

● **Don't add insult to injury.**
別在傷口上撒鹽。

● **Don't add fuel to the fire.**
別火上加油。

「偽善」、「偽君子」怎麼說？

我跟朋友一起看新聞時，裡面都在罵狗仔隊。
我想說：這些記者太偽善了！他們指責別人時怎麼不
看看自己！
我這樣說：There reporters are so（偽善）！Why
don't they watch what they have done
before they blame the others!

汪汪

這個時候，你需要會的關鍵字是 hypocrite（偽君子）
[ˋhupəkrɪt]：

● **What hypocrites!**
全是偽君子！

● **Those reporters are such hypocrites.**
  What hypocrites those reporters are.
那些記者真是偽君子。

● **Before pointing fingers at others, they should consider what they're doing themselves.**
在指責別人前，他們應該想想自己都在做什麼。

● **Like they've never done anything wrong.**
好像他們從沒犯錯似的。

八卦雜誌

來台灣學中文的朋友問我對《壹週刊》的看法。
我想說：其實還好，許多台灣媒體比它八卦多了。
我這樣說：I don't think it's that bad. There are a
lot medias here are more gossip than that.

小花

談到《壹週刊》總是和八卦（gossip 或是 dirty
laundry）二字脫不了關係。像這種充滿八卦新聞
的雜誌，英文就叫做 tabloid，所以你可以這樣說：

● **I don't think it's that bad.**
我不覺得有那麼糟。

● **Some of the tabloids here are much worse than that.**
這裡有些八卦雜誌比那本更糟糕。

● **Lots of newspapers and magazines are even more gossipy.**
很多報紙和雜誌比這更八卦。

人怕出名，豬怕肥

八卦雜誌都在報導公眾人物，他們對一般市井小民根本沒興趣。

我想說：這就是身為公眾人物所要付出的代價。

小花

八卦雜誌最常報導有名的娛樂圈（show biz）人士，由於這些人平常在鎂光燈前都是一派光鮮亮麗，使得人們對他們的私生活更加好奇。只能說他們要靠知名度賺錢，也就必須付出成為名人的代價（price）：

- **It's the price you have to pay for being in the public eye.**
  這就是你受公眾矚目所須付出的代價。

當然你也可以把這視為一種犧牲（sacrifice）：

- **That's the sacrifice you have to make when you're a public figure.**
  那是你身為公眾人物所要做的犧牲。

井字鍵和米字鍵

請問電話上的星字號和米字號要怎麼說？

千千

電話上的「米字鍵」在我們看來像個米字，英美人士則覺得像顆星星，所以稱之為 star key 或 star sign。另外，「井字鍵」叫做 pound key 或 pound sign。

- **Please press the star key and leave a message after the tone.**
  請在嗶聲後按米字鍵留言。

- **Just press the pound sign and then dial the extension number.**
  按井字鍵後直撥分機號碼。

「狗仔隊」的英文

請問狗仔隊的英文是什麼？

Stella

狗仔隊（paparazzi）是專門替出版業拍攝名人（celebrity）生活照的自由攝影師（freelance photographer）的蔑稱。在一九五九年義大利導演費里尼（Frederico Fellini）電影《甜蜜的日子》 *La Dolce Vita* 中有一個專門偷拍名人的攝影師姓 Paparazzo，他的名字被沿用至今，成為這個行業的代名詞。

有點同理心好不好！

碰到幸災樂禍，或是只會批評他人，不試著了解背後原因的人，想要勸這種人「站在別人的角度想想」，此時就可用 (put oneself) in someone's shoes 這個片語：

- **Good journalists should try to put themselves in the shoes of the people they interview.**
  好的新聞工作者應該試著站在受訪者的角度想想。

找不到出口

有一次旅遊去拉斯維加斯賭場小賭，後來因為賭場太大，找不到出口回飯店。
我想說：請問出口在哪裡。

林先生

偶爾出國放縱自己，小賭一下也無妨。若贏了錢想見好就收，或是本錢已經輸光光，就趕緊問人：

● **Could you tell me where the nearest exit is?**
麻煩告訴我最近的出口在哪好嗎？

但是拉斯維加斯的賭場規模宏大，走錯出口可得繞上好大一圈才回得去，所以進場時最好先認明自己從哪裡來的，回去就要往那邊走：

● **Could you tell me where the west exit is?**
請問西區出口在哪裡？

「羅生門」的英文？

在媒體上看到雙方各說各話，讓人難辨真假的報導，大家會說那是「羅生門」。請問羅生門的英文是什麼？我要怎麼用英文解釋？

育芳

《羅生門》（*Rashomon*）是一部探討真相不明、無法分辨孰是孰非的日本電影，後來片名就引申為這種情況的代名詞。這個字在英語口語中很少用，比較常出現在新聞中。想用口語表達「各說各話」的狀況，你可以說：

● **Both sides have different versions of what happened.**
兩方對於事情的始末有不同的說法。

● **It's hard to tell what really happened.**
很難搞清楚到底發生了什麼事。

● **The witnesses are all telling different stories.**
目擊者的說法全都不一樣。

● **Who knows which story is true?**
誰知道哪個說法才是真的？（編註：這是感嘆句，並不是問句）

我要借嬰兒推車

出國旅遊沒帶嬰兒推車，逛購物中心實在很累，想問問看有沒有得租借。
我想要說：請問哪裡可以借嬰兒推車？
我這樣說：Is there a place I can borrow a stroller?

媽咪

帶嬰幼兒出門沒有推車還真是行動不便。一般大型商場應該都能借到：

● **Are there any strollers for rent here?**
這裡有沒有出租嬰兒推車？

此外，媽媽可能還會想問：

● **Is there a baby changing station around here?**
請問附近有換尿布檯嗎？

● **Is there a nursing room here?**
請問這裡有沒有哺乳室？

● **I need hot water to mix my baby's formula.**
我需要熱開水泡嬰兒奶粉。

● **Is there somewhere I can get hot water around here?**
這附近哪裡能要到熱開水？

英文中還有另一個說法：he said, she said，專指一男一女爭執不下、各執一詞的狀況。

● A: Do you think the mayor was really having an affair with that model?
你覺得市長真的和那名模特兒搞婚外情嗎？

B: It's a case of "he said, she said." Who knows?
男女雙方各說各話。天曉得。

中文成語「瞎子摸象」來自印度寓言 Blind Men and an Elephant，英文也有的類似說法：blind men describing an elephant，表示每個人都只看到事情的一部份，沒人知道真相究竟為何。

我要找警察！

某次出國玩，結果東西被偷。要找警察報案處理，又迷路了。
我想說：請問警察局怎麼走？

敏敏

東西掉了又迷路，實在是雪上加霜。雖然不知道報警之後，東西找不找得回來，還是先找到警察局吧。

● Do you know where the nearest police station is?
你知道最近的警察局在哪嗎？

● Is there a police station around here?
這附近有警察局嗎？

● Could you give me directions?
可以告訴我要怎麼走嗎？

若是迷路，想回到某個地方，你可以拿地圖問人：

● Could you show me where we are on this map?
請問這裡是在地圖上的哪裡？

● I'd like to go here.
我想去這裡。

● Could you tell me how to get there?
請告訴我要怎麼走好嗎？

我要買！

出國旅遊想問我要的東西上哪兒買？
我想說：最近的購物中心在哪？

Carol

血拼是許多人出國旅遊的首要目的，所以你這個問題非常重要，你可以說：

● Could you tell me where the nearest mall is?
請問最近的購物中心在哪？

● Are there any shopping centers around here?
這附近有購物中心嗎？

若你是缺某樣東西，不知道該上哪兒買，就這樣問：

● Do you know where I can buy an adapter?
你知道轉接器要到哪裡買嗎？

● Is there a stationery store nearby?
這附近有文具店嗎？

出國血拼要嘛是為了撿便宜，要不就是想買比較特別的東西。如果看到路人身上有東西是你也想要的，可得趕緊問問要到哪裡買：

● Do you mind if I ask where you bought your purse?
可否請問一下，妳這皮包是在哪裡買的？

● Can I ask what brand of sunglasses those are?
請問你的墨鏡是哪個牌子的？

● Do they sell that brand at this mall?
這個購物中心裡有這個牌子嗎？

89

我還沒看，不要「雷」我！

我很討厭人家在我還沒看那部電影時就「雷」我，搶先透露劇情，我一點都不想知道啊！這樣很破壞我看電影的興致耶！能否告訴我「爆雷」的英文要怎麼說？

小焦

沒錯！爆雷的人最機車了，害我們電影看得很沒勁。「爆雷」的英文是 spoiler，這個字是來自動詞 spoil（破壞），現在口語上就常指「搶先透露內容、破梗」的意思，主要用在電影、電視劇或書籍方面：

● **I haven't seen the movie yet, so no spoilers!**
這部電影我還沒看，不要雷我！

● **The review contains a few spoilers, so don't read it if you haven't seen the film.**
這篇影評有透露一些劇情，所以如果你還沒看那部片的話先不要讀。

你的脾氣如何？

我想進一步了解剛認識的新朋友。
我想要說：你的脾氣好不好？
我這樣說：How's your temper?

小艾

哎呀呀，這個問題問得莫名其妙，可得小心對方真的脾氣不好，讓你碰一鼻子灰。如果你想了解一個人的脾氣，還是從相處中細心觀察比較好。

如果看到朋友喜形於色，你可以問：

● **Are you in a good mood?**
你心情好嗎？

如果朋友臉臭臭，就關心一下：

● **Are you in a bad mood?**
你心情不好嗎？

真的要直接問人家脾氣如何，就試試下面幾句吧：

● **Do you get angry easily?**
你易怒嗎？

● **Are you the kind of person who has a temper?**
你是那種容易發脾氣的人嗎？

● **Do you have a temper?**
你容易生氣嗎？

要是對方被問煩了，兇你一頓，你就可以告訴別人：

● **She's a moody girl.**
她是一個喜怒無常的女孩子。

● **He can be really grumpy sometimes.**
他有時候真的很暴躁。

無法無天飆車族

前幾天剛跟同事聊天，談到高雄市令人聞之喪膽的飆車族。請問「飆車族」的英文該怎麼說呢？

繡繡

「飆車族」是一個台灣的土產名詞，妳可以稱他們為 scooter gang 或 scooter punks。對於他們仗著人多勢眾沿路作亂，妳若想批評他們太過囂張，可以這樣說：

● **The scooter gangs in Taiwan are out of control!**
台灣的飆車族太猖獗了！

● **Scooter punks like to race on that road at night.**
飆車族晚上喜歡在那條路上賽車。

請跟我走

有兩位外國朋友問我這附近哪裡有旅館,他們要投宿。

我想要說:離這裡不遠,我們帶你們去好了,你們跟著我們的車子走。

我這樣說:We can take you there, just follow us.

Phoebe

你說的可是一點都沒錯,厲害喔!在此補充幾句帶路好用句給你,包你學了之後,就會有股衝動想要天天站在路邊,等人來跟你問路。

- That's nearby.
  就在附近。

- It's just up ahead.
  就在前面。

- That's right around the corner.
  就在附近。

- It's across the street from the bank up ahead.
  前面的銀行對面就是了。

- It's near the next intersection.
  就在下個十字路口附近。

- Just keep going straight and you'll see it.
  直直走,你就會看到了。

- It's about three blocks in that direction.
  大約要往那邊過三個馬路。

- Turn right at the next light and go another block.
  下個紅綠燈右轉,往前走過一個馬路就到了。

- I'll take you there.
  我帶你去好了。

- Just come with me. I'm heading in that direction.
  跟著我走吧。我也往那個方向。

「下班」可以用 off the clock 這個片語,shift 是「輪班,輪值的班」的意思,像「夜班」就是 night shift,所以可用 My shift is over. 表示「我下班了。」至於你要表達的句子,可以這樣說:

- I'm still at the hospital, but I'm off the clock.
- I'm still at the hospital, but my shift is over.
  我還在醫院,但是我已經下班了。

我下班了

朋友打電話到工作地點(醫院)找我,問我方便講電話嗎?此時雖然我人還在醫院,但已經是我的下班時間(已經交接),所以可以暢所欲言。

我想說:雖然還在醫院,但是我已經下班了。

阿寶

既然都已經下班了,就趕緊約會啊,還講什麼電話嘛!

- I just need to gather my stuff and then I can leave.
  我收一下東西就可以走了。

- Do you want to catch a movie?
  你想不想去看電影?

- I'm starving. Let's go to the night market for a late night snack.
  我快餓死了。我們去夜市吃宵夜吧。

- How about pizza and a video at my place?
  到我家吃比薩、看影片如何?

我們做朋友就好

我朋友向我表白，我想委婉地拒絕他。
我想要說：我想我們做朋友比較適合，而且你永遠是我的好朋友。
我這樣說：I think we be a friend better, and you are always my good friend.

Nini

有人向妳求愛表白，但是自己沒那種感覺，這時候要如何婉拒（turn down gently），可是一門大學問了。妳的回答可說是標準的婉拒，妳還可以這樣說：

● **I think we're better off as friends.**
我覺得我們當朋友比較好。

● **You'll always be my good friend.**
你永遠會是我的好朋友。

● **I hope we can always stay in touch.**
我希望我們可以永遠保持聯絡。

當然啦，若你想要直接拒絕以免後患，在說上面這些委婉台詞之前，可以開門見山地說：

● **I don't have any feelings for you.**
我對你沒有任何感覺。

● **You're not my type.**
你不是我的菜。

raise a few eyebrows 的意思？

有一次跟外國人聊天的時候，他說了一句 It raised quite a few eyebrows. 不知道什麼意思耶？是不是代表很驚訝呢？

小烏龜

你猜對了！一件事會讓人抬高眉毛、瞪大眼睛來瞧，肯定是讓人大吃一驚，raise eyebrows 就是這種感覺。

當某人做出不為一般人接受，甚至違反社會善良風俗的事時，你就可以使用 raise eyebrows 來表達這是件「引人側目」的事。

● **She raised quite a few eyebrows by wearing her underwear in public.**
她穿著內衣在公眾場合出現，引得眾人大吃一驚。

交杯酒＋鬧洞房

上英文課時，老師問我中國的婚禮和西方有何不同。
我想說：在中國，新郎新娘要要祭祖、喝交杯酒，還有鬧洞房
　　　　的習俗。

Eileen

進入正題前，先教你一些基本字彙，像是新郎（groom）及新娘（bride），而地點「洞房」則是 bridal chamber。至於「鬧」這個動作，可以說 tease。

你所問的這句話，在中文裡是短短的一小句，但由於西方沒這樣的習俗，所以翻成美語必須加以解釋，就成為了長長的一串：

- **In China, a bride and groom link arms and toast one another.**
  在中國，新娘和新郎會喝交杯酒。

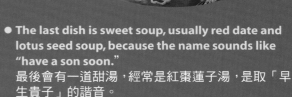

- **They also pay their respects to their ancestors.**
  他們也會祭祖。

- **When they go into the bridal chamber, their friends tease them over and over to help break the ice.**
  進洞房時，他們的朋友們會不斷戲弄他們，幫忙炒熱氣氛。

不過，喝交杯酒跟鬧洞房應該屬於刻板印象的中式婚俗，實際發生的機會不大吧。如果你帶外國朋友去吃台灣喜酒，以下的句子應該更用得到：

- **In Taiwan, the bride wears three different gowns at the wedding banquet.**
  在台灣，新娘在婚宴上會穿三套不一樣的禮服。

- **The first is worn when she arrives with the groom for the wedding ceremony.**
  第一套是跟新郎進場進行結婚典禮時穿。

- **The second is worn when the bride and groom toast the guests.**
  穿第二套是在新娘新郎向賓客敬酒時。

- **And the third is worn when the bride and groom see the guests off.**
  穿第三套時，新娘會跟新郎一起送客。

- **The second dish at a Taiwanese wedding banquet is rice ball soup, which symbolizes a happy marriage.**
  台式喜酒的第二道菜會是湯圓，象徵婚姻圓滿。

- **Chicken is always served at the banquet, because the word for it in Taiwanese sounds like "have a family."**
  酒席當中一定會有雞，因為台語諧音聽起來像「成家」。

- **The last dish is sweet soup, usually red date and lotus seed soup, because the name sounds like "have a son soon."**
  最後會有一道甜湯，經常是紅棗蓮子湯，是取「早生貴子」的諧音。

- **During toasts, friends of the newlyweds will sometimes mix "special" drinks for the groom.**
  敬酒時，新人的朋友有時會準備「特調」飲料灌新郎。

- **These drinks are made of alcohol mixed with condiments and soup from the table.**
  那種飲料是酒加上桌上調味料和菜湯混合出來的。

- **Sometimes the groom is even made to drink from the bride's shoe.**
  新郎有時甚至會被要求用新娘的鞋子裝來喝。

最後，我們來學學婚禮結束送客時，要跟新人說的祝賀詞吧。

- **Congratulations to the bride and groom.**
  恭喜新郎，賀喜新娘。

- **I hope you two have a long and happy marriage.**
  我希望你們的婚姻幸福長久。

船頭＋船尾＋甲板

我去參觀一艘宣道會的船，由一位瑞典籍的女孩子負責接待。
我想要說：我們可以到船艙去參觀嗎？
我這樣說：Can we visit the upstairs?

Mint

superstructure
上部構造，指甲版
以上的船體結構。

cabin 船艙，是供人
員活動的室內空間統
稱，甲板上方的船艙
稱為 deckhouse

funnel 煙囪，
又稱 smokestack

bow 船頭

駕駛台（**bridge**）

stern 船尾

deck 甲板

hull 船身，是會與
水接觸的密閉船殼

portside 左舷，另一側
則為右舷（starboard）

anchor 錨

bulbous bow 球形船艏，
遠洋航行的船隻才有

propeller
螺旋槳推進器

光看你的描述，很難想像你用 upstairs 這個字的原因，
到底是人在陸地上，想去船上（on board）參觀；還是
你已經在某一層甲板（deck）上，想要到下層甲板（lower
deck）或上層甲板（upper deck）的船艙（cabin）玩玩？

假如是人在陸地上，想上船參觀，你可以說：

● **Could we go on board and have a look?**
我們可以上船看看嗎？

若是人已經在船裡，想往上面移動，你可以說：

● **Can we have a look upstairs?**
我們可以到上面看看嗎？

● **Can we have a look at the upper deck?**
我們可以到上面甲板上看看嗎？

既然都已經上船參觀，少不得要拍照留念，若想去《鐵
達尼號》（*Titanic*）裡男主角傑克說 I'm the king of the
world! 的地方拍照，可以問：

● **Where is the bow?**
船頭在哪兒？

至於想感受一下電影裡女主角蘿絲企圖跳船時的恐懼，
則可以問：

● **Where is the stern?**
船尾在哪兒？

要不要打統編？

結帳時，想問客人是否要在發票上打統一編號。
請問「發票」和「統一編號」的英文如何說？

Salina

「統一發票」是台灣特有的產物，在美語中對於這種具有收據特質的「購物證明」，可以用 receipt 這個字。至於「統一編號」的官方譯名為 unified business number，別的國家可能會叫 company tax ID number 或 business registration number。

商家問客人要不要在收據上打統一編號時，可以這麼問：

● **Do you need a company tax ID number on your receipt?**
你要在收據上打統一編號嗎？

索取機上禮物

向空服員索取機上紀念品給小孩，排遣搭機時間。
我想要說：是否有給小孩玩的紀念品？
我這樣說：Do you have some souvenir for my children?

亮亮

這個問題重要！雖然航空公司廣告影片告訴我們：空服員都很喜歡小孩，只要是小孩就會有玩具可拿。但上飛機後若不趕快要，還經常要不到呢，因為太多大人要紀念品了！

● **Do you have any souvenirs for kids?**
你們有沒有給小孩的紀念品？

● **Are any children's toys or games available?**
有沒有可以給小孩的玩具或遊戲？

● **Like a deck of cards for them to play with?**
好比可以給他們玩的撲克牌？

除了撲克牌，保暖的襪子（socks）、盥洗用品（travel kit）也是機上限量贈送的物品，但若是什麼也要不到，就討一條要收回去的毛毯（blanket）來用用吧！

● **Could you give me a blanket?**
● **Could I have a blanket, please?**
可不可以給我一條毛毯？

捨不得穿

朋友送我一雙鞋子，有天他問我怎麼沒穿上那雙鞋子。
我想說：我捨不得穿。

Vincent

既然收到服飾類的禮物就要大方穿出來，才不負朋友送禮的一番心意，這裡趕緊教你「捨不得」怎麼說，以免朋友誤會你不喜歡他送的禮物。你可以說：

● **I can't bear to wear them. They're too nice.**
我捨不得穿。它們太棒了。

● **I can't bring myself to wear them. I'm saving them for a special occasion.**
我捨不得穿上。我要留到特殊場合再穿。

自助旅行

我很嚮往「自助旅行」那種背包客的旅行方式。
請問「自助旅行」怎麼說？

Gail

假使妳已經厭倦一般旅行社那種像是在趕鴨子的緊湊套裝行程，一切自主的「自助旅行」的確是個不錯的選擇。「自助旅行」我們可以說 backpacking 或是 independent travel，而「背包客」就是 backpacker 或 independent traveler 囉。

● **I don't like to travel with a group.**
我不喜歡跟團旅行。

● **I'm more of an independent traveler.**
我較喜歡當個自助旅行者。

● **I've gone backpacking all over Europe.**
我已經自助旅行遊遍整個歐洲。

不雅照

最近越來越多人會把自己和另一半的親密行為拍下來，或是自拍裸照，請問「不雅照」的英文該怎麼說？

甜不辣

通常我們會叫這種照片 indecent photos、lewd photos，或是更口語的說 dirty photos，也可以更明確的說是 nude photos（裸照）還是 sex photos（性愛照）：

- **The man was arrested for having indecent photos of children on his computer.**
  那名男子因電腦中存有孩童的不雅照而遭到逮捕。

- **One of my co-workers was fired for sending lewd photos of himself to his secretary.**
  我有個同事因為寄自己的不雅照給秘書而被炒魷魚。

- **Does your boyfriend ever send you dirty photos of himself?**
  你男友有沒有寄過他的不雅照給你？

- **The magazine was sued for publishing nude photos of the star without her permission.**
  這家雜誌社未經本人同意刊登名星裸照，因而被告。

- **Edison Chen made a public apology for the sex photo scandal he was involved in.**
  陳冠希因捲入性愛照醜聞公開致歉。

划酒拳

請問要怎麼向外國人解釋「划酒拳」？

小漢漢

「划拳」的英文說法為 *hua quan* 或 guessing fingers。

- ***Hua quan*, or "guessing fingers," is a Chinese drinking game.**
  划拳是中國人飲酒時玩的遊戲。

- **It's a little bit like playing rock, paper, scissors.**
  它有點像在玩剪刀石頭布。

- **Two players extend their hands at the same time, each showing a number of fingers.**
  兩個人同時把手伸出來，各伸出幾根手指。

- **At the same time, they both try to guess the total number of fingers, which they shout out loud.**
  兩人同時猜手指的總數，並喊出數字。

- **If one player guesses right, the other player has to drink.**
  如果其中一人猜對了，另一個人就得罰喝酒。

做瑜珈

我是瑜珈老師，班上有很多同學是外國人，我想用英文教他們練習瑜珈姿勢，想問問各種瑜珈姿勢的英文，以及像「吸氣」、「吐氣」等指令要怎麼說？

暖暖

- Inhale.
- Breathe in.
吸氣。

Don't hold your breath.
不要憋氣。

Bridge 橋式
Benefits: relieves stress and improves digestion
功效：舒解壓力，促進消化

Bow 弓式
Benefits: opens up the chest and improves posture
功效：打開胸腔並改善姿勢

Lie flat on your mat.
平躺在墊子上。

- Exhale.
- Breathe out.
吐氣。

Corpse 大休息
Benefits:Relaxes the body and helps lower blood pressure
功效：放鬆身體，降低血壓

Camel 駱駝式
Benefits: stretches the abdomen and stimulates the organs
功效：拉伸腹肌，刺激內臟

Cobra 眼鏡蛇式
Benefits: strengthens the spine and firms the buttocks
功效：強化脊椎，結實臀部

Crane / 鶴式
Benefits: strengthens the arms and tones the abdomen
功效：強化手臂和塑造腹部肌肉

Downward Dog 下犬式
Benefits: energizes the body and relieves back pain
功效：活絡身體並舒緩腰酸背痛

Spread your feet to shoulder width.
雙腿張開，與肩同寬。

Stand on one foot.
單腳站立。

Eagle 鷹式
Benefits: strengthens the calves and improves balance
功效：強化小腿並訓練平衡

Half Moon 半月式
Benefits: stretches the groin and improves coordination
功效：伸展鼠蹊部，促進協調

- **Stretch your arms as high as you can.**
雙手盡量往上伸展。
- **Gaze at a fixed point in front of you to keep your balance.**
眼睛注視前方一個定點，以保持平衡。

Locust 蝗蟲式
Benefits: strengthens the back and stimulates the organs
功效：強化背部，刺激內臟

Close your eyes and chant "Om."
閉眼睛，說 OM~

Lotus 蓮坐式
Benefits: calms the brain and stretches the ankles and knees
功效：放鬆頭腦和伸展腳踝及膝蓋

Plough 犁鋤式
Benefits: stretches the spine and relieves insomnia
功效：伸展脊椎，改善失眠

Tree 樹式
Benefits: improves balance and reduces flat feet
功效：訓練平衡，改善扁平足

Turn your torso to the left / right.
向左／右扭轉上半身。

- **Take a deep breath.**
- **Breathe deeply.**
深呼吸。

Keep your back straight.
背部挺直。

Triangle 三角式
Benefits: stretches and strengthens the legs and relieves neck pain
功效：伸展及加強腿肌，減緩頸部疼痛

Upward Plank 前伸展式
Benefits: cstrengthens the arms and stretches the shoulders
功效：強化手臂，伸展肩部

Warrior 戰士式
Benefits: stretches the chest and improves the circulation
功效：伸展胸部，促進血液循環

Wheel 輪式
Benefits: strengthens the spine and relieves asthma
功效：強化脊椎和減緩氣喘

跟外國觀光客搭訕

當我遇到陌生的外國人，會想與他們交朋友，因此會想問他是否來觀光的，以及來台灣會待多久。
我想說：你是來台灣觀光的嗎？你在台灣會待多久？你在台灣多久了？

Lotus

首先要提醒妳：目前外國人和妳都在台灣，因此可以省略 in Taiwan 這樣的字眼，妳的問題回答如下：

- **Are you just visiting?**
  你只是來（台灣）觀光的嗎？

- **How long are you staying?**
  你（在台灣）會待多久？

- **How long have you been here?**
  你來（台灣）多久了？

不過，開口跟人家講英文之前，建議先問一下他會不會說中文，搞不好對方中文溜得很呢：

- **Do you speak Chinese?**
  你會講中文嗎？

一直問人家一些入境審查的題目，未免太過無趣，你接著可以聊些遊山玩水的話題：

- **What brought you here?**
  為什麼想來（台灣）玩呢？

- **Where have you been so far?**
  已經到過（台灣）哪些地方？

- **There are a lot of delicious local snacks in Taiwan.**
  台灣有很多好吃的小吃。

其實這些都只是聊天的起頭，如果有心跟外國人繼續聊下去，還是得靠平常美語會話實力的累積，加油囉。

儀隊英文

我想知道「儀隊」、「練槍」、「槍法」、「拋槍」、「轉槍」、「跳槍」等的英文說法。

Wanda

「儀隊」在英文裡可以稱做 honor guard、color guard 或 marching band，妳可以這麼介紹自己：

- **I'm a member of the honor guard.**
  我是儀隊的一份子。

至於各種技術，其實妳用淺白的口語形容就好了，若是使用專業的儀隊術語，對方也不見得聽得懂。

- **I can spin a rifle and throw it up in the air.**
  我會轉槍和拋槍。

- **I'm really good at rifle spinning.**
  我很會轉槍喔。

- **I got hurt a lot when I first started practicing, and my hands were covered with blisters.**
  剛開始練時經常受傷，手上全都是水泡。

- **Now I have calluses on my hands from practicing every day.**
  現在我每天都要練習，手都長繭了。

不過講了半天，倒不如直接表演：

- **Would you like me to show you?**
  要我秀給你看嗎？

練儀隊是相當辛苦的，想要讓人更明白練習過程的艱辛，可以邀請他來看妳練習：

- **We have practice every day. Would you like to come watch?**
  我們每天都有練習。想要來看看嗎？

© vicjuan/flickr.com

電影好感人

我想要說：這部電影好感人喔！我都快哭了！
還想要說：這部電影只是在搞特效跟噱頭。
請問要怎麼說？

Chang

「感動」，美語可以用 move 跟 touch 這兩個字來表達。要形容一件事情「很感人」、「很令人感動」就用 moving 或 touching；要表示自己「被感動」則用 be moved 或 be touched，試比較以下的用法：

- **What a touching story.**
  真是個感人的故事。

- **I was touched by his kindness.**
  我被他的善良所感動。

- **The man gave a moving speech.**
  那名男子發表的演講很令人動容。

- **I was deeply moved by the mother's love for her child.**
  我被那位母親的對孩子的愛深深感動。

但是感動到要哭的地步時，就不必再說 be moved 或 be touched，直接說 make me cry 就行了，或者也可以用 bring tears to my eyes，也就是「讓我熱淚盈眶」的意思。

- **The movie was so touching it made me cry.**
  那部電影讓我感動到哭。

- **The film was so moving that I almost cried.**
  那部影片感人到我都快哭了。

- **No other movie brings tears to my eyes like this one.**
  沒其他的電影像這部一樣賺了我這麼多淚水。

至於第二個問題，「特效」就是 special effects，「特技」是 stunt，而「噱頭」可以用 gimmick 來表達。因此你想問的話可以說成：

- **The movie is nothing but special effects and gimmicks.**
  這部電影只是在搞特效跟噱頭。

- **The special effects are great, but the plot is pretty lame.**
  這部電影的特效很棒，但劇情滿弱的。

- **I hear the lead actor did all his own stunts in the movie.**
  聽說這部電影的特技場面都是男主角親自上陣。

- **My friends like seeing movies in 3-D, but I think it's just a gimmick.**
  我朋友喜歡看 3D 版的電影，但我覺得那不過是噱頭。

觀影心得大補帖

- **The special effects were good.**
  特效很棒。
- **The film was very sentimental.**
  這是一部很感傷的電影。

- **The animation was very realistic.**
  動畫很逼真。
- **There were too many violent scenes!**
  裡面太多暴力鏡頭了！

- **The plot was full of twists.**
  劇情高潮迭起。
- **The mood was tense and scary.**
  氣氛很緊張可怕。

- **The story is hilarious.**
  故事很爆笑。
- **The plot feels too forced.**
  劇情太牽強。

- **The fighting scenes were really exciting!**
  武打鏡頭真是精彩！
- **The film was too long.**
  這部片太長了。

- **The movie was fast paced.**
  這部電影節奏明快。
- **The acting was excellent / terrible.**
  演員的演技真棒／爛。

- **The female lead gave a good/bad performance.**
  女主角的表現出色／很糟。
- **The two stars had great / no chemistry.**
  兩位主角很有／毫無火花。

- **The actor who played the main character was / wasn't very convincing.**
  演主角的那位男星很有／毫無說服力。
- **The supporting actors were all well / poorly cast.**
  配角卡司都很好／糟。

斑馬線有斑馬？

請問「斑馬線」是 crosswalk 還是 zebra crossing？

Wendy

英國人會稱「行人穿越道」為 zebra crossing，因為他們跟台灣一樣會在馬路上塗類似斑馬黑白相間的條紋，但美國並不這麼做，所以美國人會說 crosswalk。

- **Crossing the street is only allowed at crosswalks.**
  過馬路一定要走行人穿越道。

- **The zebra crossings in London are very convenient.**
  倫敦的斑馬線非常方便。

將就一點吧！

和朋友一直找不到旅館住，勉強住了一間又貴設備又差的旅館，朋友抱怨連連。
我想要說：別再挑剔了，將就一點吧！有得住就不錯了！
我這樣說：Don't be so picky. We must take it. It's lucky for us to find somewhere to lodge.

Jade

說到一個人「挑剔」的個性，可以用 picky 這個字，而中文裡「將就」這個詞的意思，美語中可以用 make the best of... 或 make do (with...) 來表達，也就是要在不優的狀況中，盡力得到最好的結果。

- **Don't be so picky.**
  別那麼挑剔。

- **Stop complaining!**
  別再抱怨了！

- **We have no choice but to stay here.**
  我們別無選擇，只能住這裡。

- **We're lucky to have a place to stay at all.**
  我們有地方住已經夠走運了。

- **Let's just make the best of it.**
  我們將就一點吧。

- **We'll just have to make do.**
  我們只好將就一下。

「教學進度」怎麼說？

和外籍老師討論課程時，我想要說：「我們的教學進度落後了」，要怎麼用英文講？

萱萱

教學最擔心的就是沒辦法達到預定進度，你想說的話可以這樣表達：

- **This class is behind schedule.**
  這班的進度落後了。

- **They have to finish chapter five this week.**
  這個星期他們必須上完第五課。

- **We're falling behind in our textbook.**
  我們的課本進度落後了。

- **We're falling behind in our lessons.**
  我們的課程進度落後了。

- **How are we going to catch up with the other classes?**
  我們要怎麼趕上其他班級？

如果上課很順利，教學進度也可能會超前：

- **Cool! We've finished ahead of schedule!**
  太好了！我們已經提早達到進度了！

寒流來了！

與美國分公司同事於電話中談及天氣變化。
我想說：根據氣象報告，兩天後的氣溫將從目前的攝氏二十度，急劇降至攝氏十度以下。

Kenny

談氣象，每天氣象報導（weather report）必報的就是溼度（humidity）和溫度（temperature），台灣採攝氏（Celsius），而在美國，如無特別註明，則以華氏（Fahrenheit）為單位。

● The temperature outside is twenty degrees Celsius.
現在外面的氣溫是攝氏二十度。

● The weather report calls for high humidity and temperatures in the low 90s.
根據氣象報導，濕度將會升高，溫度在九十到九十五度。
（編註：此為華氏溫度，即攝氏三十三度左右）

你的問題是要表達「溫度急劇降／升」，在美語裡可以說成 dramatic temperature drop / rise，應用在你的問題就是：

● According to the weather report, there will be a dramatic temperature drop , from twenty to ten degrees Celsius or less, over the next two days!
根據氣象報告，接下來這兩天的氣溫將從目前的攝氏二十度，急劇降至攝氏十度以下！

---

sunny 晴天
The weather in New York will be sunny all week.
紐約的天氣這一週都會是晴天。

clear 晴朗無雲
The weather forecast calls for clear skies this weekend.
氣象報導說本週末會是晴朗無雲的好天氣。

scorching (hot) 炎熱的
Summers in Arizona are scorching hot.
亞歷桑那州的夏天極為炎熱。

overcast 陰天的
In Seattle, it's overcast for most of the year.
西雅圖幾乎終年都是陰天。

cloudy 多雲的
After a long run of cloudy days, the sun finally came out.
一連好幾天的陰天後，太陽終於露臉了。

cool 涼爽的
Monterrey is known for its cool, sunny climate.
蒙特利以涼爽、晴朗的氣候著稱。

---

scattered showers 晴時偶陣雨
Tuesday will be mostly sunny with a chance of scattered showers.
星期二將會是晴時偶陣雨

rainy 雨天
Rainy weather causes roads to deteriorate rapidly.
天雨造成路面快速毀損。

drizzle（下）毛毛雨
Tomorrow will be cloudy with occasional drizzle.
明天會是陰雨綿綿的天氣。

downpour 豪雨
The downpour caused flooding in parts of the city.
豪雨對該城市部份地區造成淹水。

thunderstorm 雷雨
In Miami, there are frequent thunderstorms during in the summer months.
邁阿密在夏季的月份中雷雨下得很頻繁。

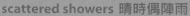

---

snow （下）雪
If you go to Washington D.C. now, it will probably be snowing.
這個時候到華盛頓特區，大概會下雪。

snowy 下雪的，多雪的，積雪的
Schools were closed this week due to snowy roads.
當地學校本週因路面積雪而停課。

hail（下）冰雹
The hail caused heavy damage to local crops.
冰雹對當地農業造成嚴重損害。

blizzard 大風雪
I saw on the news that JFK Airport closed due to the blizzard.
我看到新聞說甘迺迪機場因為大風雪而關閉。

frigid 寒冷的
The frigid weather caused water pipes to freeze.
嚴寒的天氣讓水管都結冰了。

---

typhoon 颱風
The coastal areas were hardest hit by the typhoon.
沿海地區遭到颱風重創。

hurricane 颶風
We had to postpone our trip because of the hurricane.
因為碰上颶風，我們的旅行必須延期。

tornado 龍捲風
The tornado destroyed dozens of homes.
龍捲風摧毀了許多家園。

101

八面玲瓏

我知道 social 可以用來形容一個人很會社交,但我想請問一下,那種「八面玲瓏」,見人說人話、見鬼說鬼話,跟誰都能成為朋友,做人很圓滑的人,要用什麼形容詞比較貼切呢?

Gemini

要形容外向、很會社交,很容易交到朋友的人,可以叫他 people person:

● **Gary is a people person, which is why he does so well in sales.**
蓋瑞是個八面玲瓏的人,這也是他業務做那麼好的原因。

這種人之所以能夠八面玲瓏,人人喜愛,可能是因為具有以下這些特質:

articulate 口才很好

● **To succeed as a trial lawyer, you need to be very articulate.**
要當個成功的辯護律師,你的口才要很好。

observant 觀察力強

A: **Is that a new pair of glasses you have on?**
你戴新眼鏡嗎?

B: **Yes. You're so observant!**
沒錯。你觀察入微!

sociable 很好親近

● **The couple who moved in next door is very sociable.**
隔壁剛搬來的那對夫婦很友善。

charming 很迷人

● **Steve has a charming personality.**
史蒂夫有迷人的特質。

我會游自由式

想告訴外國朋友我會游自由式,現在正在學仰式及蛙式。順便請教其他泳式的英文該怎麼說?

阿本

相信許多人學英文,提到「游泳」頂多就只會講 swim,真要形容會游什麼式,大概就只能比手畫腳了。藉由你的問題,我們來教教大家各種泳式該怎麼說:

crawl 捷式,是速度最快的泳式,因此在游泳比賽的自由式(freestyle)項目中,都會採用捷式

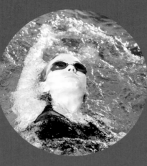

breaststroke 蛙式

sidestroke 側泳

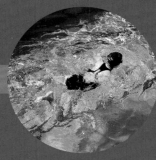

backstroke 仰式

butterfly (stroke) 蝶式

dog paddle 狗爬式

學會這幾式的英文之後,可以搭配動詞 swim 或 do 來表達你想說的句子:

- **I can swim the crawl.**
  我會游捷式。
- **I'm learning the backstroke and breaststroke.**
  我正在學仰式和蛙式。

很多游泳學不好的人都卡在不會換氣(breathe)。不會換氣的人可以說:

- **I can't swim very well because I always hold my breath.**
  我游得不好,因為我都憋氣。
- **I have trouble breathing when I do the crawl.**
  我游捷式時不太會換氣。

此外,談論游泳最常說的就是自己能游多遠:

- **I can swim fifty meters without stopping.**
  我可以一次游五十公尺不休息。

別在關公面前耍大刀

大家在一起聊天時,聊到各自的興趣及專長。但有人不識相,在專家面前講得天花亂墜。
我想說:別在關公面前耍大刀,丟臉死了。

小樹 無雙

遇到這種情況,可以有幾種說法:

- **Don't show off in front of experts.**
  別在專家面前賣弄。
- **You'll just embarrass yourself.**
  你只會自取其辱。
- **Don't shoot your mouth off in front of people who know more than you do.**
  別在比你更懂的人面前吹噓。

請飯店推薦行程

出國自助旅遊,向旅館詢問可以參觀的處所。
我想要說:可以推薦一個能當天往返的地方嗎?
我這樣說:Could you recommend some place where I could go and back in a day?

小樹

隨性的人自助旅行,往往會到了一個地方再看著辦,這時找當地人推薦就很重要了。飯店都會跟當地的旅遊業者合作,推出套裝行程,一般都是可以一天之內來回的一日遊(day trip),可以幫你省掉很多麻煩。要請飯店幫你推薦,可以說:

- **Could you recommend a good day trip for me?**
  麻煩你介紹一個不錯的一日遊給我好嗎?
- **I'm interested in the local history and culture.**
  我對這裡的歷史文化有興趣。
- **I'm looking for something adventurous to do.**
  我比較喜歡刺激的活動。
- **I'd like to see some of the local scenery.**
  我想要看這一帶的自然景觀。
- **Are there any hiking trails around here?**
  這附近有登山步道嗎?
- **I'm interested in the local cuisine. Are there any food tours available?**
  我對當地美食很感興趣。有沒有美食體驗的行程?

若你想確認這真的能當天來回,你可以再問:

- **And that isn't an overnight trip, right?**
  那個行程不需要在外過夜,沒錯吧?

請飯店櫃檯轉接電話

我要打電話給住在外國飯店的親戚,該怎麼說?

瑪格

要打電話到國外的飯店,請他們轉接到你親友住的房間,你可以說:

- **Hi. Can you please put me through to Room XXX?**
  你好,請幫我轉接到 XXX 號房,好嗎?

另一種狀況是要請親友打國際電話到飯店,如果不知道怎麼從國外打來,可以請問飯店的服務人員:

- **How can someone call your hotel from abroad?**
  請問怎麼打國際電話到你們飯店?

103

認真一點！

有時候認真要跟對方討論事情，卻發現他一副愛理不理的樣子，不然就是找一些藉口敷衍我。
我想說：我是認真的。不要敷衍我。

Allen

「認真」可用 serious 這個形容詞來表達，發生事情想要坐下來討論，卻得不到認真的對待，這時可以說：

● **I'm being serious. Don't patronize me.**
我是認真的。別敷衍我。

● **Will you listen to what I'm saying?**
你可以好好聽我說嗎？

● **I wish you'd take me more seriously.**
我希望你對我認真一點。

● **Stop trying to brush me off.**
你別想打發我。

豬朋狗友

請問「豬朋狗友」和「狐群狗黨」該怎麼說？

艾紗

「不好的朋友，狐群狗黨」可說成 bad friends、bad crowd、wrong crowd，「酒肉朋友」是 fair weather friend，fair weather 字面上是「晴天的」，引伸為「景況好的」，也就是這種人只能共享樂，不能共患難。

● **My brother fell in with a bad crowd.**
我弟結交了一群壞朋友。

● **They're worried their son is hanging out with the wrong crowd.**
他們很擔心自己的兒子和狐群狗黨鬼混。

● **They're only fair weather friends.**
他們只是酒肉朋友而已。

● **I think his new group of friends is a bad influence.**
我覺得他的那群新朋友對他有不良影響。

另有一個相關說法是（the wrong side of the tracks）從鐵軌那邊不好的地方，含有貶低人的意味，即「出身不好」。由於以前城市通常是靠鐵路發展起來的，鐵軌就這麼跨在中間，正所謂「物以類聚」，到一個地方定居的人，漸漸會選擇和社經地位相當的一邊居住，形成一個城市以鐵軌為界，一邊窮一邊富的情況。

● **Donna's boyfriend came from the wrong side of the tracks.**
當娜的男友出身寒微。

● **Rob grew up on the wrong side of the tracks.**
羅伯出身不好。

● **Her parents wouldn't let her date boys from the wrong side of the tracks.**
她爸媽不讓她和家世不優的男孩子約會。

台灣在哪裡？

出國遊學，碰到有人竟然不知道台灣在哪裡，我該怎麼介紹台灣？

Sleeping

你可以先從地理位置來介紹：

- **Taiwan is in East Asia.**
  台灣位於東亞。

- **It's an island off the coast of China.**
  是中國外海的一座島嶼。

若從政治方面來解釋，你可以說：

- **Mainland China is ruled by a communist government, while Taiwan is ruled by a democratic government.**
  中國大陸是被共產主義政府統治，而台灣是民主體制下的政府。

如果你要提到海峽爭論不休的統獨問題，可以這麼說：

- **Whether Taiwan should be a part of China or be independent is a big debate.**
  台灣是否屬於中國或者該獨立，是爭論不休的話題。

不可能的啦！

跟朋友打打鬧鬧開玩笑時，朋友會說一些亂七八糟的天方夜譚。
我想要說：不可能的啦！
我這樣說：That's impossible!

Helen

朋友間開開玩笑無傷大雅，要嘲笑對方根本是在鬼扯，除了 That's impossible! 外，你也可以簡潔有力地說：

- **Impossible!**
  不可能！

- **No way.**
  不可能。

- **Get real.**
  別胡鬧。

- **You're dreaming.**
  你在做夢。

或是語帶嘲諷：

- **Sure!**
  當然當然！

- **Yeah, right!**
  最好是啦！

Yeah, right.

以牙還牙，加倍奉還！

最近很流行一句日劇台詞，「以牙還牙，加倍奉還」，我想問問英文要怎麼說？希望要能表達出說話者的憤怒和氣勢喔！

Mandy

看來你真的很好學呢，連看日劇都想著學英文。你問的「以牙還牙」這句話，其實來自舊約聖經的 an eye for an eye, a tooth for a tooth（以眼還眼，以牙還牙）這句話。英文至今仍會用 an eye for an eye (, a tooth for a tooth) 來表示某人犯了錯，就該受到對等的懲罰。但在新約聖經中，則是倡導人家打你左臉，你應該把右臉也讓他打（turning the other cheek）的寬恕容忍。

A: I think that if you murder someone you should be executed—an eye for an eye.
我覺得殺人者應該被處決，以眼還眼。

B: I disagree. An eye for an eye is no way to run a civilized system of justice.
我不同意。以眼還眼的作法無法實踐文明的司法制度。

而你問的另一句，要向某人「討回來、付出代價」，英文為 pay back，所以「加倍奉還」就是 pay sb. back double。

A: Don't you believe in turning the other cheek?
你不吃「把另一邊臉給他打」這一套嗎？

B: No. If someone does me wrong, I'll pay him back double!
不吃啊。如果有人得罪我，我會加倍奉還！

還可以說 pay sb. back with interest，意思是「連本帶利討回來」：

- **I'm going to pay her back with interest for all the pain she's caused me.**
  我要連本帶利讓她嚐嚐她給我帶來的痛苦。

請用印刷體書寫

我在貿易公司任職，國外傳真常是手寫的一連串草寫字，我閱讀起來相當吃力。我想說：可否請你用「印刷體」，看草寫字很容易引起我方的誤看而出錯，以致延遲您的訂單。而這句話中的「印刷體」是 lowercase 嗎？這個字又該如何運用？

Sue

妳想表達的意思可以這樣說：

● **Please print or type your order.**
請用印刷體書寫或打字印出您的訂單。

● **Orders written in cursive are difficult to read, may lead to mistakes in your order, and may cause your order to be delayed.**
草寫體的訂單難以閱讀，可能會造成您訂單處理上的錯誤，並且可能因此造成您的訂單延誤。

lowercase 是指字母「小寫」，「大寫」則叫 capital 或 uppercase。

● **Some letters look very different in uppercase and lowercase.**
有些字母的大寫和小寫看起來差很多。

● **The title was written in capital letters.**
這個標題是用大寫。

打字還是手寫？

字都連在一起的「草寫體」，稱做 cursive；至於每個字母清清楚楚的「印刷體」，用手寫出來的稱為 print，若是電腦打字或打字機打出來的則稱做 type。

直接用筆寫在紙上的「手寫字」，不管寫的是草寫還是印刷體，英文都稱為 handwriting 或是 script。

我還是菜鳥

有一次和主管一起和外國客戶開會，當主管對客戶稱讚我時，我想說：沒有啦！我還只是個菜鳥，還得多跟主管學習。請問該怎麼說？

Teresa

被稱讚了誰都會高興在心裡，但是身為職場新人，表達適度的謙虛，可說是既兼顧到禮貌也不容易得罪人。所以，面對上司的稱讚感到不好意思時，妳可以說：

● **Not at all! I'm still new at this job.**
沒有啦！在這工作我還是新人。

● **I still have a lot to learn from my boss / manager / department head / coworkers.**
我還得跟我的主管／經理／部門上司／同事多學習。

● **Thank you for the compliment, but I can't take all the credit.**
多謝你的讚美，但不全都是我的功勞。

● **Everybody has been so helpful.**
大家都很幫忙。

在口語中，「菜鳥」可以說：
rookie
多用於職場，指新進員工
● **The newspaper sent a rookie reporter to cover the story.**
那間報社派了個菜鳥記者去採訪這則新聞。

newbie
通常指網路、電腦，或其他活動的新手
● **There's a thread on the forum just for newbies.**
論壇上有一個專為新手架設的討論區。

「老鳥、老油條」的英文口語則可說：
vet
老兵（veteran）的縮寫，經驗老道的人
● **The singer is a vet in the music business.**
那位歌手是音樂界的老鳥。

pro
professional 的縮寫，強調技術高超
● **Dave is a pro when it comes to fixing things around the house.**
講到居家修繕，戴夫可是箇中好手。

花花大少

請問如何形容一個男生很「花心」？我想說：他是個很花心的男生。

Karen

如果有個男生換女友的速度跟換衣服一樣快，最常見的說法就是 playboy。其實「花心」程度分很多種，friendly 雖非指「花心」，但可用來形容對每個人都很好，交遊廣闊，似乎人人都是朋友的那種人。player 就是我們中文常說的「玩咖」，也可用來形容女生。womanizer 這個詞就真的是指「花心大少」了，也就是專門玩弄女人感情、善於遊走於眾女人之間的男人。ladies' man 即香港常用的「師奶殺手」。oversexed 這種最糟糕了，指的是「縱慾過度的」。

- Is it true that Dan is a womanizer?
  阿丹真的是獵豔高手嗎？

- Keith is a total player.
  凱斯是個不折不扣的玩咖。

- Paul is kind of oversexed.
  保羅有點縱慾過度。

- Rob is a real ladies' man.
  羅伯真是個師奶殺手。

- He's a little bit too friendly.
  他有點太來者不拒了。

- Jason is kind of a playboy.
  傑森算是花花公子。

- He's a playboy.
  他是個花花公子。

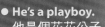

「限量發行」、「預購」英文怎麼說？

現在有些潮牌的衣服鞋子都有限量，還沒上架就能預購，想請問相關的說法。

Joe

「限量發行」的英文是 limited edition 或 limited release。「新上架」的商品則用 new arrival 這個名詞片語。你可以跟外國顧客這麼介紹：

- These shoes are new arrivals.
  這雙鞋子是新到貨。

- They're limited edition.
  這款鞋是限量發行。

- They go well with anything.
  這款鞋子搭什麼都好看。

- Our price is the lowest.
  我們的價錢是最便宜的。

除了「限量發行」商品之外，開放「預購」也是現在很普遍的銷售模式。「預購商品」的名詞是 advance purchase。

- This CD is now available for advance purchase.
  這張 CD 目前可以預購。

- This mobile phone isn't on the market yet, but it's already available for advance order.
  這支手機還沒上市，但已經開放預訂。

「私奔」怎麼說？

參加同事婚禮，與新娘父母討論結婚流程，但新娘父母似乎完全沒有概念，其中一位伴娘開玩笑：「難道伯父、伯母當年是私奔？不然怎麼都不曉得？哇，私奔，好浪漫哦！」新娘父母說：「不是啦，我們那時是用公證的。」所以我想問「私奔」、「公證結婚」以及「難道伯父、伯母當年是私奔？」要怎麼說？

Fiona

人家父母可能只是老糊塗，竟然可以扯到人家是不是私奔，你們也太八卦了吧！好，這裡就整理一些結婚的相關句，給你做參考。

你問的「私奔」，可以用 elope [ɪ`lop] 這個字。不過英文裡沒有中文那麼客氣，會用「伯父、伯母」尊稱朋友的父母，不過對方既然在跟你講話，你就可以這麼說：

● **Could it be that you two eloped? How romantic!**
難道你們兩位是私奔的？好浪漫哦！

而「公證結婚」則叫 civil wedding / marriage 或 courthouse wedding / marriage。

● **We had a civil marriage at the courthouse before our church wedding.**
我們是先在法院公證結婚，才舉行教堂婚禮。

● **Steve and Clara had a courthouse wedding to save money for their honeymoon.**
史蒂夫和卡拉公證結婚，把錢省下來度蜜月。

若是結婚是靠「媒妁之言」，則是 be introduced by a matchmaker。

● **My grandparents were introduced by a matchmaker.**
我爺爺、奶奶是靠媒人介紹認識的。

「奉子成婚」則叫 shotgun wedding/marriage。因為以前女仔若婚前懷孕，女方家長就會逼男方迎娶，甚至有人會拿出獵槍（shotgun）來逼迫，因此有這個說法。

● **Did you hear that Tom and Carol had a shotgun wedding?**
你有聽說湯姆和卡蘿是奉子成婚嗎？

烏鴉嘴

和朋友在餐廳聊天，聊到她的一個親戚個性很討人厭，一副見不得人好的樣子。比如她和先生常常分隔兩地，結果那位親戚居然告訴她：「妳這樣的婚姻會有問題喔！」

我想說：真是烏鴉嘴！

Lucy

因這種人自以為是好意，其實是製造麻煩的人（troublemaker），所以可以說：

● **She's such a troublemaker!**
她真是個麻煩製造機！

另外，當有人烏鴉嘴，淨講些不吉利的話時，就可以跟他說：

● **Don't be a jinx.**
別烏鴉嘴。

● **Don't jinx it.**
不要唱衰。

有些人是因為見不得人好故意烏鴉嘴，「愛掃興」、「潑人冷水」，則可用 wet blanket、killjoy 或 spoilsport 等字：

● **Don't invite Alice. She's such a wet blanket.**
不要邀愛莉絲來。她是個掃興鬼。

● **Don't be such a killjoy!**
不要那麼掃興！

● **Why are you such a spoilsport?**
你這個人怎麼那麼愛潑人冷水？

在美語中，形容「笨手笨腳」可以說：

- **I have two left feet.**
  我有兩隻左腳。

- **I'm all thumbs.**
  我有十根大拇指。

從這裡就可以看得出來，不同的語言文化背景，所援引的比喻也不同。除此之外，你還可以用 clumsy 和 klutz 來表達：

- **I'm so clumsy!**
  我真是笨手笨腳的！

- **I'm such a klutz!**
  我真是個笨手笨腳的人！

不小心打翻東西弄髒別人的衣服，你可以說：

- **I'm so sorry. Are you all right?**
  對不起，你還好吧？

- **Let me wipe that up for you.**
  我幫你擦乾淨。

- **I got coffee all over your shirt. Let me pay to have it cleaned.**
  我弄得你整件上衣都是咖啡，請讓我付錢送洗衣服。

- **I've ruined your shirt. Let me buy you a new one.**
  我毀了你的襯衫。我幫你買件新的。

笨手笨腳

經過別人的桌子旁邊時，不小心打翻湯碗，我連忙道歉……。
我想說：對不起！我太笨手笨腳了。
我這樣說：Sorry! I have two left legs.

靜敏

宗教信仰

在朋友聚會中認識外國朋友，想找些話題起個頭，順便磨練會話。

我想要說：請問你有宗教信仰嗎？

我這樣說：Do you have religious belief?

志鴻

世界最多人信仰的五大宗教：
- **Christianity** 基督教
- **Islam** 回教
- **Hinduism** 印度教
- **Taoism** 道教
- **Buddhism** 佛教

找外國人聊天，的確是練習自己美語會話功力的好方法。但是必須在此要提醒你，在西方觀念中，根不熟的人談宗教是不太禮貌的，因為西方有許多人對於宗教非常認真嚴肅，若是說錯話、表錯情，那這段會話的壽命也就很短了。若是問比較熟的人，你的問題則還可這樣問：

- **Are you religious?**
  你有宗教信仰嗎？

- **What religion do you belong to?**
  你屬於哪個宗教？

- **Do you go to church?**
  你有上教會嗎？

不好意思讓你破費

朋友請客，我想說：「不好意思讓你請客，下次我再回請你。」請問該怎麼說？

Bella

你可以說：

● **Thank you for treating me.**
謝謝你請客。

至於下次回請，你可以說：

● **I'll get it next time.**
下次我付帳。

● **Next time it's my treat.**
下次我請客。

● **Next time it's on me.**
下次算我的。

終於，回請的機會來了，你會需要以下的句子：

● **Give me the check. I'm buying.**
帳單給我，讓我付。

● **You paid last time, so this time it's on me.**
上次是你請客，這次換我了。

你少無聊了！

以下的對話是發生在男生向女生示愛，但女方不接受。我想知道以下對話該怎麼說？
男：我好愛妳，請你答應我吧。
女：但我不愛你啊！你別再說了！這樣是不對的。
男：不，我非要說。
女：你少無聊了！

秀

看完你的假設情境，讓人彷彿來到瓊瑤的小說情節裡。

A: **I love you so much! Tell me you love me, too!**
我好愛妳！告訴我你也愛我吧！

B: **But I don't love you. Don't say it again. It isn't right.**
但是我不愛你。不要再說了。這是不對的。

A: **But…I have to say it!**
但是……我一定要說！

B: **Get a life!**
你少無聊了！

除了 Get a life! 之外，想擺脫討厭的人，你也可以說：

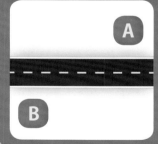

● **Leave me alone!**
離我遠點！

● **Get lost!**
閃開啦！

● **Take a hike.**
走開啦。

正對面？斜對面？

遇到有人問路的情況時，該如何向對方描述方位？
我想要說：A 國小在 B 國中的正對面。
我這樣說：A Elementary school is across the B Junior High school.
我想要說：A 國小在 B 國中的斜對面。
我這樣說：A Elementary school is on the diagonal side of B Junior High school.

Steven

關於第一種狀況的回答，其實你的說法已經很接近了，不過通常要表示「在……對面」會用 across from，所以正確的回答是：

● **A Elementary School is across from B Junior High (School.)**
A 國小在 B 國中的對面。

要是你想強調「正」對面，則加上 right 或 directly 即可，所以句子變成：

● **A Elementary School is right / directly across from B Junior High.**
A 國小在 B 國中的正對面。

至於要形容標的物在某某東西的斜對面，說法分為兩種，第一種是標的物與對應點在同一條街上，這樣才是 diagonally 這個副詞的正確使用時機，所以句子會是：

● **A Elementary School is diagonally across from B Junior High.**
A 國小在 B 國中的斜對面。

第二種情形是標的物與對應點剛好位於十字路口的對角，屬於兩條不同街道，這時候則用 catty-corner 或 kitty-corner 來表示。

● **C Elementary School is catty-corner / kitty-corner from D Junior High.**
C 國小在 D 國中的斜對面。

「有樣學樣」的猴子英文？

我的小孩在公園看到老爺爺吐口水，竟然也開始在家裡吐口水！
我想說：他是有樣學樣。

可兒

英文有一句話叫做：

● **Monkey see, monkey do.**
  有樣學樣。

這句話專門用來形容小孩子學習力強，大人做什麼就立刻學起來。

A: Where did their kids learn to swear like that?
  他們的孩子講粗話是從哪兒學來的？

**B: They swear a lot themselves. Money see,
  monkey do.**
  他們自己經常講粗話。有樣學樣囉。

「模仿」相關字彙

ape (v.) 模仿
● **She accused the other singer of aping her style.**
  她指控另一位歌手抄襲她的造型。

copycat (n.) 學人精
● **My little brother is such a copycat.**
  我弟根本就是學人精。

imitate (v.) 模仿
● **He always imitates everything I do.**
  他總是模仿我的一言一行。

copy (v.) 模仿，抄襲
● **Children learn by copying their parents.**
  小孩子靠著模仿父母學習。

mimic (v.) 模仿
● **The comedian can mimic the voices of famous
  people.**
  那位諧星會模仿知名人物的聲音。

文藝青年

最近很流行「文青」這個詞，就是那種很熱愛藝術，常常會逛展覽、玩攝影的年輕人，請問英文裡有稱呼「文青」的詞彙嗎？

小P

你這個問題讓我們的總編審想了好一陣子呢！其實「文青」算是台灣獨有的文化，在英文中並沒有很精準的對應詞，若是要講對藝術很有興趣、很愛參加藝文活動的人，你可以叫他 culture vulture 或 artsy-fartsy，不過這兩個字都帶有負面意味，暗示這人只是附庸風雅，其實對文化及藝術並不瞭解：

● **Patricia is a total culture vulture. She refuses to
  watch Hollywood movies.**
  派翠莎是個不折不扣的文青。她拒看好萊塢電影。

● **Trent is going to another artsy-fartsy exhibition
  with his artsy-fartsy friends.**
  派特和他那群附庸風雅的朋友又要去看某個假掰藝術展了。

若是那種看起來有點古怪，與人格格不入的藝術痴，則可稱為 art geek：

● **The Museum of Modern Art is filled with art
  geeks on weekends.**
  到了週末，現代藝術博物館都會擠滿藝術愛好者。

111

廚房大蒐密

有一些廚房內的用品器材,雖然很常見卻不知如何用英文說,像打蛋器、瓦斯爐、還有手套等,可以一一介紹給我嗎?

FRE

烹飪機器類

● **food processor**
食物調理機,用來切片、切碎,也可製作食物泥及麵團

● **blender**
果汁機

● **espresso machine**
義式咖啡機

● **coffee maker**
咖啡機

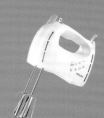

● **mixer** 攪拌器

● **oven mitt**
隔熱手套

● **range hood** 排油煙機
● **stove** 爐子,也稱 range,要強調是「瓦斯爐」就說 gas stove / range,「電爐」則是 electric stove / range

用餐器具類

● **cup** 杯子

● **fork** 叉子
● **spoon** 湯匙
● **knife** 刀子

● **glass** 玻璃杯

● **plate** 盤

● **bowl** 碗

● **hot pad** 隔熱墊

● **tablecloth** 桌巾

清潔類

● **rubber gloves**
橡膠手套

● **kitchen towel** 擦碗布,專門擦廚房裡的鍋碗瓢盆

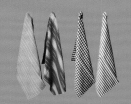

● **steel wool**
鋼絨刷

● **napkin** 餐巾,上面套的「餐巾環」則為 napkin ring

● **place mat** 餐墊
● **chopsticks** 筷子

● **sponge** 海綿

● **paper towels**
廚房紙巾

● **scrub pad**
菜瓜布

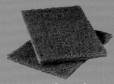

鍋具類

● **wok** 中式炒菜鍋

● **wok spatula** 鍋鏟

● **frying pan** 平底鍋，
也稱作 skillet

● **spatula** 鏟子，拌麵糊的
「刮刀」也是 spatula

● **pressure cooker**
壓力鍋

● **skimmer** 漏勺

● **tongs** 夾子

● **pasta ladle** 義大利麵勺

● **colander**
濾鍋，瀝水籃

● **pot** 深鍋

● **crock pot** 燉鍋，用
來做燉菜、燉肉，
也叫 slow cooker

● **kettle** 煮水壺，tea pot 則
是茶壺，用來泡茶，不會
拿去燒水

● **pitcher** 冷水壺，用
來裝涼水、果汁或牛
奶等冷飲

一般廚房刀具

廚房中所有菜刀都可統稱為 kitchen knife，若要細分，
還可分為：

● **paring knife** 削皮刀，廚房常用
的小刀，用來削果皮及處理體
積小的食材（如蝦子），尖端可
以挖除種子、塊莖上的芽眼

● **Santoku knife** 三德刀，源於
日本的多功能刀（「三德」
指能切片、切丁、切碎），
日漸收到歐美廚師歡迎

● **magnetic knife holder** 壁掛式磁
石刀架，專業級西式廚房刀具

● **bread knife** 麵包刀，鋸齒狀的
刀刃適合切麵包

● **knife block**
桌上型刀架

● **chef's knife** 主廚刀，也叫
cook's knife。是西式廚房
中用途最廣泛的刀具

有夠白目！

我有一個同事很白目，常常開玩笑開過頭，把人家惹火了還不自知，一直繼續講。請問要怎麼用英文形容這種「白目、搞不清楚狀況」的人？

翠莉

這種人的確讓人困擾。其實「白目」就是指少根筋、不懂察言觀色、對情勢不敏感，這些在英文都有不同說法，要根據情況使用不同的形容詞：

clueless (a.) 糊裡糊塗、搞不清楚狀況的
Most teenagers think their parents are completely clueless.
大部份青少年都嫌父母整個搞不清楚狀況。

oblivious (a.) 渾然不覺的
A: John couldn't tell you weren't interested in him?
約翰沒察覺妳對他沒興趣嗎？
B: No. I kept giving him hints, but he was totally oblivious.
沒。我一直暗示他，但他渾然不覺。

unaware (a.) 未察覺的
Michael was unaware that everyone was laughing at him.
麥可沒發現大家都在取笑他。

thoughtless (a.) 不顧他人的，考慮有欠周詳的
Ron always hurts people's feelings by saying thoughtless things.
榮恩總是說些白目的話傷到別人。

inconsiderate (a.) 不體貼的（不在乎別人感受）
Sally broke up with her boyfriend because of his inconsiderate behavior.
莎莉和男友分手了，因為他很不體貼。

insensitive (a.) 不體貼的（對他人感覺不敏銳）
Rick is totally insensitive to my feelings!
瑞克對我的感受超不敏感！

後天美女

當外籍老師問我為何貼人工貼皮在臉上，我要跟他解釋是因為「除痣」，英文要怎麼說？
我想要說：我去用雷射除痣，為了看來更美觀，而且戴口罩避免曬到陽光。
我這樣說：I removed my moles in order to look better. And then I put on the mask to avoid the sunlight.

美女

基本上你用的文法跟單字都正確，但是聽在外國人耳裡還是覺得怪怪的，我們幫你修正一下，讓你說出來的美語更道地：

● **I had laser mole removal done to improve my appearance. Afterwards, I had to wear a mask to avoid exposure to the sun.**
我接受雷射除痣手術改善外表。接下來，我必須戴口罩，避免曬到陽光。

順便再教你一些整形手術（cosmetic surgery）的單字吧！最受熟女歡迎的整形莫過於抽脂（liposuction）、注射膠原蛋白（collagen injection）；而隆乳（breast augmentation）和隆鼻（nose job）則頗受年輕美眉歡迎。

● **Cosmetic surgery is more and more popular in Taiwan.**
整形手術在台灣愈來愈流行。

● **Face lifts, nose jobs and Botox are very common.**
拉皮、隆鼻跟打肉毒桿菌很普遍。

● **Liposuction and breast augmentation are popular, too.**
抽脂跟隆乳也很受歡迎。

● **Collagen injections can help people have fuller lips.**
注射膠原蛋白可以讓人有更豐滿的嘴唇。

● **Collagen injections can also help whiten the skin.**
注射膠原蛋白也有美白皮膚的功用。

● **Older people use eyelid surgery to remove wrinkles and correct drooping eyes.**
年紀大的人會用眼皮美容手術來去除皺紋跟下垂的眼睛。

● **But cosmetic surgery is expensive, and if it goes wrong, it can leave you with permanent scars.**
但是整型手術很貴，而且一旦失敗，可能在臉上留下永久的疤痕。

我要當老闆了！

外國朋友問我畢業後的計畫。
我想說：「希望能加盟開一間咖啡店。」但不知道
要怎麼說。

艾紗

你的畢業計劃講得這麼簡略，EZ TALK 只好擅自作主
幫你加油添醋，希望你看了之後不要被現實嚇退，能
繼續朝夢想前進！

- **I want to buy the franchise rights for a coffee shop.**
  我想加盟開一間咖啡店。

- **The franchise fee is 400,000 NT.**
  加盟金要四十萬。

- **I'll need to spend another 800,000 NT on remodeling and equipment.**
  店面裝修和設備要再花八十萬。

- **I'm going to apply for a bank loan.**
  這筆錢我會跟銀行借。

- **If that isn't enough, I'll ask my parents for help.**
  若錢還是不夠，我就得請爸媽幫忙了。

- **I found a place that, while it's a little small, is in a great location and has a monthly rent of 50,000 NT.**
  我找到的店面雖然有點小，但位置很好，一個月的租金要五萬。

- **In the future, I'll work at the shop in the evenings after I finish my day job.**
  以後白天的工作結束後，我晚上都會在店裡工作。

- **The shop will focus on takeout and delivery business.**
  這間店會專門做外帶和外送的生意。

- **I'll get a student worker to deliver coffee to companies in the nearby office buildings.**
  我會請工讀生把咖啡送到附近辦公大樓裡的公司。

- **Besides selling coffee, I'll also sell cookies and cakes.**
  除了賣咖啡，我的店也賣餅乾跟蛋糕。

- **The cookies will all be made fresh in the shop so passersby will be lured by the smell of baking cookies.**
  餅乾都是店內現做的，所以路過的人都會被烤餅乾的香味吸引。

- **I'm hoping I can break even within a year and a half.**
  我希望能在一年半內把本錢賺回來。

- **But, since the rent is high, I'll need to work hard to achieve that goal.**
  但因為房租實在很貴，我要非常努力才能達成目標。

無計可施

如果所有的辦法都想盡了，仍然無計可施，這時
該如何說？

家欣

你可以用比較正式的說法：

- **I'm at my wit's end.**
  我已經江郎才盡了。

一般也會這樣說：

- **There's nothing to be done about it.**
  沒辦法解決了。

- **I have no way to do it.**
  我沒有辦法。

- **I'm out of options / ideas.**
  我已經沒招了。

更口語化的說法是：

- **I've got nothing.**
  我沒輒了。

115

入伍＋退伍

有一天跟朋友聊到「當兵」的話題，我想問他何時入伍。請問美語中的「退伍」該怎麼說？
我想要說：你何時入伍？
我這樣說：When did you be a soldier?

Titan

對過去的台灣男子而言，服兵役是國民應盡的義務（obligation），這樣的義務役（compulsory military service）與美國所採用的志願役（voluntary military service）不同，但對於入伍（enter the army / military）及退伍（discharge from the army / military）的說法卻是相同的。所以你可以這樣問他：

● **Have you ever served in the army / military?**
你有當過兵嗎？

● **When did you enter the army / military?**
你是什麼時候入伍的？

至於退伍，可以這樣表示：

● **When were you discharged?**
你何時從軍中退伍？

● **How long did you serve?**
你當兵多久？

至於自願留營的「志願役」官兵和職業軍人（professional soldier）均是自願加入軍隊服役，因此要改說成 join 或是 enlist [ɪn`lɪst]：

● **When did you join the army / military?**
● **When did you enlist in the army / military?**
你何時加入軍隊？

在這種情況下，退役要這樣說：

● **When did you retire from the army / military?**
● **When did you leave the army / military?**
你何時退役？

如果遇到別人問你這類的問題，而你正在服兵役，可以這樣表示：

● **I have another year and two months to go / serve.**
我還要服一年兩個月的兵役。

另外順便補充，「替代役」的說法是 alternative service，其他有類似制度國家有時會稱之為 civilian service，因此你可以這麼解釋：

● **In Taiwan, some men choose alternative service instead of military service.**
在台灣，有些男生是服替代役而非一般軍役。

● **They may work as traffic controllers, school police, or even aid workers in Africa.**
他們（替代役男）會指揮交通、當校警，甚至在非洲國家當救援工作者。

各軍種的英文

● army 泛指各軍種，若字首大寫成 Army，則為「陸軍」
● Navy 海軍
● Air Force 空軍
● Marines 陸戰隊

講重點好不好！

希望對方回答問題，而對方總是顧左右而言他，講一些不相干的事情。
我想說：請你講重點好嗎？

May

跟人說話時，還是有點耐性（be patient）比較好！不過當你的談話對象老愛東扯西扯，不講重點，就可以對他說：

● **Just get to the point, OK?**
講重點可以嗎？

● **And your point is…?**
所以你的重點是……？

● **Don't beat around the bush.**
不要拐彎抹角。

● **That's not what I asked.**
我問的不是這個。

如果你放棄了，懶得跟他繼續說下去，這時候你可以說：

● **Never mind.**
沒關係。

● **Just forget it!**
算了！

家電英文

我想用英文說出一般家裡在使用的家庭電器,請問該怎樣說?

abc

「家電用品」,在英文裡大致上依據使用性質而分做兩大類,像電視機、音響、DVD 放影機這些產品主要為娛樂用途,稱做是 home electronics;而像洗衣機、電冰箱、微波爐這些非娛樂性用途產品,則稱為 home appliances。

range

toaster oven

dishwasher

tablet

camcorder

video game console

home electronics 娛樂家電

home appliances 一般家電

dehumidifier

projector

space heater

DVD player 光碟放映機
- Could you help me connect this DVD player to the TV?
  你可不可幫我把光碟機連到電視?

tablet 平板電腦
- I watch videos on my tablet when I ride the MRT.
  我坐捷運時都會用平板電腦看影片。

radio 收音機
- I put the radio on my desk so I can listen to it when I study.
  我把收音機放在書桌上,這樣我讀書時就可以聽廣播了。

video game console 電視遊樂器
- Which video game console has the best games?
  哪種電玩主機有出最棒的遊戲?

camcorder 攝影機
- We bought a camcorder to film the wedding.
  我們買了台攝影機來拍攝婚禮。

projector 投影機
- This projector is great for watching TV and movies.
  這部投影機很適合拿來看電視和電影。

stereo 音響設備
- What kind of speakers does this stereo come with?
  這套音響是配哪種喇叭?

DVR 數位錄放影機
- I programmed the DVR to record my favorite show.
  我設好錄放影機來錄下我最愛的節目。

flat screen TV 平面電視
- I just bought a 55-inch flat screen TV.
  我剛買了一台五十五吋平面電視。

laptop 筆記型電腦
- My laptop has a ten-inch screen.
  我的筆電螢幕是十吋。

PC 桌上型電腦
- I use my PC less now that I have a smartphone.
  我有智慧型手機後就比較少用桌機了。

printer 印表機
- The printer is out of toner / ink.
  印表機沒有碳粉/墨水了。

range 爐子
歐美廚房的爐具經常附帶烤箱(oven)
- I'm looking for a four-burner range.
  我在找有四個出火口的爐子。

toaster oven 小烤箱
- I use my toaster oven to bake muffins.
  我用我的小烤箱來烤馬芬蛋糕。

dishwasher 洗碗機
- Be sure to rinse the dishes before you put them in the dishwasher.
  碗盤一定要沖洗過再放進洗碗機裡。

dehumidifier 除濕機
- We only turn on the dehumidifier in the summer.
  我們只在夏天開除濕機。

space heater 電暖氣
- The space heater keeps our bedroom warm in the winter.
  電暖氣在冬天裡讓臥室保持溫暖。

washing machine 洗衣機
歐美洗衣機常兼具烘乾機(dryer)功能
- If I buy a washing machine, does the price include installation?
  買洗衣機的話,安裝費算在售價裡嗎?

fan 電風扇
- If you get too hot, just turn on the fan.
  如果你覺得太熱就開電風扇。

refrigerator 冰箱
- What's the capacity of this refrigerator?
  這台冰箱的容量是多少?

microwave (oven) 微波爐
- Is this dish microwave safe?
  這個盤子可以放微波爐嗎?

air conditioner 冷氣
- Is this air conditioner energy efficient?
  這台冷氣的能源效率好嗎?

vacuum cleaner 吸塵器
- How many attachments does this vacuum cleaner come with?
  這台吸塵器有幾個吸頭?

iron 熨斗
- I burned my hand on the iron and got a blister.
  我的手被熨斗燙到,起了大水泡。

117

烤來烤去都是烤

我想說：英文裡 bake、broil、grill 都是「烤」的意思，但是它們差別在哪？什麼情況下該用哪一個字呢？

Sabrina

英文裡關於「烤」的說法，除了你提及的 bake、broil、grill 這三個動詞外，還有 roast、barbecue 跟 toast。

以 broil 跟 bake 來說，指的都是用烤箱烤，差別在於熱源的方向，火從上面來的稱為 broil，通常溫度較 bake 高，目的是要為食物烤出一層金黃酥脆的皮。而火從下面或上下一起來，則是 bake。bake 指「用烤箱」烤東西，只會是糕餅麵包、馬鈴薯、蔬菜、麵飯等。若用烤箱烤肉類或魚，就會用 roast 這個字。

grill 是用大火加熱烤肉架，再把食物放到架上烤，也可以指用底部格柵狀的鐵鍋高溫煎烤，食物上會有一條一條的焦痕。

barbecue 就是所謂的「戶外燒烤」，主要烤的是肉類，利用炭火的煙霧熱氣把肉烘熟。而 grill 則為直火炙燒，不太有煙。

至於 toast 則是用烤麵包機（toaster）或直接在火源附近稍微烤至溫熱焦黃，一般都用於切片麵包。

公主病，要人命

我們班上有一個嬌生慣養的女生，常常差遣別人，自己都不做事，不然就一副很脆弱、很敏感的樣子，別人隨便說她幾句就淚眼汪汪的。請問像這種態度驕縱、有「公主病」的女生，英文會用什麼字來形容？

奴婢

princess

用來形容被寵壞又自私的年輕女生。

A: Debbie acts like she's never heard the word "no."
　黛比好像從沒聽過「不」這個字。（編註：意指沒人敢拒絕她）
B: Yeah. She's a total princess.
　對啊。她簡直就是公主病。

prima donna

本指歌劇的女主角，引申為那種認為自己很特別、很重要，有點虛榮又難搞的女生。

A: It seems like Rebecca think she's better than everyone else.
　蕾貝卡似乎覺得自己高人一等。
B: I know. What a prima donna.
　我知道。真是公主病。

diva

與 prima donna 同義，但通常用來形容名人。

● The actress has a reputation for being a diva.
　那位女演員是出了名的愛耍大牌。

鐘錶店售後服務

我服務於鐘錶店，常有外國朋友來店裡購買手錶，卻不知如何用英文表達我的意思，以下是我常遇到的幾種狀況。我想說：
一、錶蕊保固一年，電池永久免費。
二、若你有任何需要，請叫我。
三、送人或自用？需要包裝嗎？
四、很抱歉，這已是最低折扣了。
五、若你要換錶，必須是同價位，或更高價位補差額，我們無法退錢給您。

Owen

由於錶蕊（movement）屬零件（parts）的一種，一般廠商都會提供長短不一的保固期（warranty），至於像電池這類消耗性的材料，收費與否的確必須先向顧客說明清楚，所以你可以這樣表示：

● **The watch movement comes with a one-year warranty.**
  錶蕊有一年的保固期。

● **Batteries are free for the life of the watch.**
  這只手錶的電池永久免費。

再來這一句相信是每個店員的基本用語，有些客戶不喜歡店員在旁邊虎視眈眈，如果你想讓客人輕鬆地逛，這句話應該派得上用場：

● **If you need any help, just let me know.**
  若你需要任何協助，請叫我。

討價還價是每個客人必用的招式，一旦遇到顧客獅子大開口，一口氣殺到完全無法接受的價位時，只好這樣跟他表示：

● **I'm sorry, but this is the biggest discount we can give you.**
  很抱歉，這是我們能給的最大折扣了。

● **Sorry, the price can't be lowered.**
  很抱歉，無法降價。

● **This is already our lowest price.**
  這已經是我們的最低價。

● **Sorry, our prices are fixed.**
  抱歉，我們是不二價。

結帳時，別忘了附上這一句，絕對讓這位外國友人對你的貼心印象深刻：

● **Is this for you or for someone else?**
  這是要自用還是送人？

● **Would you like this gift wrapped?**
  需要包裝嗎？

最後一種狀況相信是大多數店員最不樂意遇到的。客人前來要求「更換」exchange 貨品，必須解釋退貨原則，下面要說的更是本地最常見的原則——不退錢：

● **If you want to exchange your watch, you can choose one of equal value.**
  若你要換錶，你可以選一只相同價位的錶。

● **If the price is higher, then you'll need to pay the difference.**
  如果價格較高的話，您必須補足差額。

反之，則應該這麼說：

● **If the price of the second watch is lower, we won't be able to refund the difference.**
  如果第二只錶的價格較低，我們無法退差價給您。

case
錶殼

hand
錶針

crown
錶冠

dial 錶面
crystal
錶面玻璃

bezel
錶圈

(leather / plastic) strap
（皮革／塑膠）錶帶

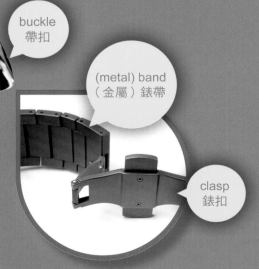

buckle
帶扣

(metal) band
（金屬）錶帶

clasp
錶扣

新裝上市

現在正值春夏換季，很多專櫃的夏裝都已經上架了，不知道要怎麼說「換季」、「上架」？

小一

英文的「換季」其實是指一個季節的尾聲（end of season），「上架」則直接翻成 hit the racks / shelves 或 arrive 就好了：

● **There's an end of season sale right now.**
現在正在換季拍賣。

● **Everything is twenty to forty percent off.**
全面八折到六折。

● **There's a clearance sale right now.**
現在正在降價出清。

● **Spring fashions will begin hitting the racks at department stores next week.**
百貨公司下星期就會上春裝了。

● **The designer's new collection will arrive in stores next month.**
這位設計師的新系列服飾下個月會上架。

「盡在不言中」怎麼說？

我要寫信給在國外的女友，但由於彼此太常寫 e-mail，我已經不曉得還能寫什麼給她；只好寫「千言萬語，盡在不言中」這句話。請問這句要怎麼用英文說？

阿巍

要維繫遠距離的異國戀情，一定很辛苦，用英文寫 e-mail 保持聯絡，不但方便，也不失為一種練習英文的好方法。「千言萬語」不用想得太難，用 words 就行了；而「盡在不言中」，換句話說就是無法表達（express）的意思，所以你要說的句子，可以這樣說：

● **No words can fully express all the things I want to say to you.**
沒有話語能道盡我想對你說的話。

● **Words can't express all the things I'd like to say.**
千言萬語盡在不言中。

我要寄放貴重物品

住旅店時，隨身攜帶的護照和貴重物品很麻煩，放在飯店房間裡又不放心，想問飯店櫃台是否能幫忙保管。
我想要說：我要寄放貴重物品。

小齋齋

「保險箱」可叫 safe deposit box 或 safety deposit box，而銀行那種大一點的保險箱也可叫 safe。車站、百貨公司、大賣場和學校的「置物櫃」則統稱為 locker。

請飯店櫃台幫忙寄物時，你可以說：

● **Hello, I'd like to leave some valuables here. Are there any safe deposit boxes available?**
您好，我想寄放一些貴重物品。請問有保險箱嗎？

櫃台可能會有幾種回答：

● **Yes. Every room has a safe deposit box.**
有的。每個房間都有一個保險箱。

● **Yes. You can register your goods at the counter. We'll put them in the hotel safe.**
有的。您可以把物品帶到櫃台登記，我們會把東西放在飯店的保險箱內。

● **Yes. There's a row of lockers on the first floor next to the lobby. You can program your own code, so they're very safe.**
有的。一樓大廳旁有一排置物櫃。你可以設定自己的密碼，所以很安全。

我明天輪休

請問「輪休」的英文是什麼？「我明天輪休」要怎麼說？

櫃姐

英文裡並沒有「輪休」的動詞，「輪休」就是特定某一天休假，「放假休息」一律用 have（數字）day(s) off。

● **I have the day off tomorrow.**
我明天輪休。

「輪班」的英文名詞是 rotating shift(s)，為可數名詞。用法如下：

● **I work rotating shifts at the hospital.**
我在醫院的工作是輪班制。

關說、走後門

有些比較有背景的人物，如果交通違規或犯錯，常會企圖靠「關說」，大事化小，小事化無。不然就是利用關係「走後門」來得到職位，有些是用錢買通，有些是利用人情攻勢，想請問這樣的情況該用什麼英文來形容？

小平

「關說」的英文可以說 pull strings，概念來自於偶戲操縱木偶時，必須拉動木偶身上的細繩，從背後控制它的動作，因此引申為企圖藉由暗中掌控別人來達到目的。

- **Michael has connections in the police department, so he pulled some strings to get his parking tickets cancelled.**
  麥可在警察單位裡有人脈，所以他透過關說把違規停車罰單給取消了。

- **Kevin's uncle pulled strings to get him a job at the company.**
  凱文的叔叔動用關係幫他在這間公司找到工作。

英文也有類似「走後門」的說法即 backdoor 或 backroom：

- **The company won the contract through a backdoor / backroom deal.**
  這間公司靠著走後門才拿到合約。

- **I hear Alex got his job through the back door.**
  我聽說艾立克司是靠走後門得到這份工作。

只是應酬而已

因為我是做業務的，需要跟客人應酬到很晚，我老婆常和我為了這件事吵架，我想對她說：「我去喝酒也是逼不得已的，都是為了應酬」，請問英文要怎麼說？

Hank

英文沒有特別的字用來指「應酬」，通常會說 entertain clients（取悅客戶）。而這樣的飯局可以叫 business lunch / dinner…等，依此類推。因此你可以和老婆這麼說：

- **I'm in sales, so I often have to entertain clients.**
  我是做業務的，所以我經常要和客戶應酬。

- **Entertaining clients is part of my job.**
  和客戶應酬是我工作的一部份。

- **I don't like to drink, but we have to takes clients out drinking.**
  我不喜歡喝酒，但我們得帶客人去外面喝酒。

- **We always have to drink with clients at business dinners.**
  我們每次和客人晚餐應酬時都得喝酒。

針孔偷拍真可恥

網路上可以看到很多針孔偷拍的照片。
我想要說：我對針孔偷拍的行為非常不齒。
我這樣說：I feel shameful on those voyeur things.

小南

自從針孔攝影機（spy / hidden camera）在廁所、更衣室（dressing room）以及旅館房間拍攝的照片，在網路上廣為流傳之後，大家外出時都人人自危。這種嚴重侵犯隱私權（right to privacy）的偷窺（peep）行為，以及那些偷窺狂（peeping Tom），我們都該挺身表達不滿：

- **I think it's shameful to film people with spy cameras.**
  針孔偷拍的行為令人不齒。

- **I don't believe in doing anything that infringes on people's right to privacy.**
  我不能苟同任何侵犯隱私權的行為。

- **People who install hidden cameras should all be thrown in jail!**
  架設針孔攝影機的人全都該被關進大牢！

121

各種笑容

想請問「會心一笑」、「苦笑」、「哈哈大笑」、「偷笑」等各種笑容的英文說法是是什麼？

貴妃

說到笑容，首先要解釋一下，smile 是指沒有笑出聲音的笑容，而 laugh 則是有發出聲音的笑。基本款搞清楚之後，來學點進階版的：

knowing smile 會心一笑

● My friend nodded and gave me a knowing smile.
我朋友對我點點頭，露出會心的一笑。
● The two boys smiled at each other knowingly.
那兩個男孩很有默契的相視而笑。

snicker 偷笑

● The students snickered behind the teacher's back.
同學們在老師背後偷笑。

furtive smile 偷笑

● The shy little girl gave him a furtive smile.
那個害羞的小女孩對他偷笑。

laugh out loud 哈哈大笑

● I laughed out loud when I saw that funny video.
我看那個搞笑影片的時候笑翻了。

laugh heartily 哈哈大笑

● The audience laughed heartily at the comedian's joke.
觀眾被那名喜劇演員的笑話逗得哈哈大笑。

wry smile 苦笑

● When I asked about Roger's divorce, he just gave me a wry smile.
當我問及羅傑離婚的事，他只給我一個苦笑。

● He just smiled wryly when I asked about his divorce.
我問他有關離婚的事，他只對我苦笑。

laugh bitterly 苦笑

● The man laughed bitterly as he talked about his troubled past.
說到自己不堪回首的往事，那男子苦笑了一聲。

smirk 假笑，得意地笑

● What are you smirking about?
你笑得那麼賊是為什麼？
● Wipe that smirk off your face!
卸下你那虛假的笑容！

sneer 冷笑，輕蔑地笑

● Brad always sneers at the way I dress.
布萊德總是對我的穿著嗤之以鼻。
● She looked at him with a sneer of disgust.
她一臉厭惡的看著他冷笑。

giggle 傻笑，咯咯笑

● Jane always giggles when she gets nervous.
小珍緊張時都會傻笑。
● Monica's annoying giggle is driving me crazy.
莫妮卡惱人的咯咯笑聲快把我逼瘋了。

chuckle 輕笑，暗自發笑

● Bill chuckled as he read the story.
比爾在讀那個故事的時候暗自發笑。
● That comic strip is always good for a chuckle.
那則連環漫畫總是令人發噱。

怎麼這麼巧！

有一次英文課下課後，大家一起去喝茶，結果飲料端上來的時候，發現大家點的飲料都一樣，真令我驚訝。

我想要說：我們真是有默契啊！

我這樣說：We're coincident!

Jessie

We're coincident! 並不是一個正確的句子，因為巧合（coincident）是用來形容事情的，意思為「同時發生的，相符的」，而「巧合的事」就是 coincidence，你應該說：

- **What a coincidence!**
  怎麼這麼巧！

你還可以說：

- **Great minds think alike.**
  英雄所見略同。

- **How did you all know what I was thinking?**
  你們怎麼全都知道我在想什麼？

你決定就好

我和一位外國友人用 e-mail 聯絡相約吃飯，時間已經敲定是某日的晚上，我想接著寫 e-mail 回覆。

我想要說：相約的時間、地點及要吃什麼由你來決定好嗎？

我這樣說：My schedule is flexible that night. How about you decide when and where to meet and eat?

或是：Do you have any idea when and where to meet and eat?

Jessie

其實你的說法已經幾近正確了，但是有些小地方仍須注意一下。既然你們已經決定見面日期的話，第一個句子後面 that night 就可省略。只需要表示：

- **My schedule is flexible.**
  我的時間很彈性。

第二個句子中，由於 where 跟 when 是跟 meet「見面」這件事有關，所以需要多一個問句來提出「吃什麼」：

- **How about you decide where and when to meet, and what to eat?**
  由你來決定地點、時間和吃什麼好不好？

- **Do you have any ideas about where and when we should meet, and what to eat?**
  對於我們何時何地見面，還有吃什麼，你有什麼想法嗎？

到了餐廳裡，卻沒有概念要吃什麼，此時不妨就交給對方決定：

- **It's up to you.**
  你決定就好。

- **Why don't you decide?**
  何不你決定呢？

- **Anything is fine.**
  我都可以接受。

不要駝背！

我那唸小學的女兒還在發育，看書的時候常常與書本貼很近，還有常常駝背，我想矯正她的姿勢 請問「看書時不要貼太近」和「不要駝背」，英文要怎麼說？

小婷爸

你想說的話可以這樣說：

- **Don't hold the book so close to your face.**
  看書時不要貼太近。

- **Don't slouch.。**
  不要駝背

要糾正別人姿勢不良，還可以說：

- **Pay attention to your posture.**
  注意你的姿勢。

- **Reading too close is bad for your eyes.**
  看書貼太近對眼睛不好。

- **Don't sit with your legs crossed.**
  坐著不要翹腳。

- **Don't read while lying in bed.**
  不要躺在床上看書。

- **Keep your shoulders back.**
  肩膀往後。

- **Keep your neck straight.**
  脖子保持伸直。

- **Don't hunch your back.**
  不要拱背。

- **Sit up straight.**
  坐挺。

- **Stand up straight.**
  站直。

你很老梗耶

聽到很老套的笑話，或是對方提出的點子了無新意，中文常常會說「你很老梗耶」，請問這句話英文要怎麼說？

曼迪

corny 意為「老套的，陳腐的」，常用來形容笑話、電影、故事等了無新意，一直重複之前用過的橋段。因此你可以說：

● You're so corny!
你很老梗耶！

● I hope Roger doesn't tell more of his corny jokes.
我希望羅傑不要再講他那些老掉牙的笑話了。

stale 原指「不新鮮的」，也可引申指沒創意：

● That comedian's jokes are so stale.
那個喜劇演員的笑話都好老梗。

cliché 可當名詞，表示「陳腔濫調」，亦可作形容詞「老掉牙的」：

● Giving roses on Valentine's Day is such a cliché.
情人節送玫瑰花這招也太老套了。

● A honeymoon in Hawaii is so cliché.
度蜜月去夏威夷好老梗喔。

坐月子

外國人生產完好像都沒有「坐月子」的習慣，請問我該怎麼向外國朋友解釋「坐月子」呢？

Melissa

在英文中，「坐月子」常直接音譯為 *zuo yuezi*，或是翻成 sitting the month，也可叫 postpartum confinement。而「月子中心」就叫 postpartum / confinement center，「月子餐」就是 postpartum meals。要向老外解釋「坐月子」的概念，你可以這樣說：

● **The Chinese custom of *zuo yuezi*, or "sitting the month," involves women resting at home for a month after giving birth.**
中國人坐月子的習俗就是女人生產後在家休養一個月。

● **While "sitting the month," new mothers aren't allowed to wash their hair.**
坐月子期間，產婦不能洗頭。

● **This is to keep the cold from entering their bodies.**
這樣是為了避免寒氣入體。

● **They also eat special postpartum meals consisting of high-fat, high-protein foods to help them recover.**
她們也會吃由高脂肪、高蛋白食物特製的月子餐，幫助身體復原。

● **Traditionally, it was the mother-in-law who prepared the special meals and took care of the baby during postpartum confinement.**
傳統上，坐月子期間婆婆會幫忙準備特製餐點和照顧寶寶。

● **But these days, many new mothers go to special confinement centers that provide postpartum meals and care for an inclusive fee.**
不過現在，很多產婦會去月子中心，月子期間的供餐和照護都一併算在整體費用裡。

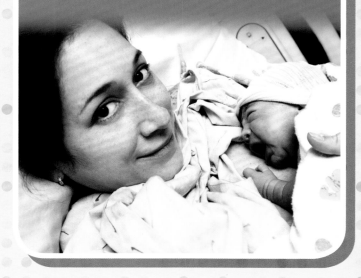

臉皮有夠厚

我有個朋友出來聚餐時總是說忘了帶錢，都是別人幫他出，事後他也沒還錢，也沒露出很抱歉的樣子，我想請問「厚臉皮」的英文要怎麼說？

苦主

要形容這種厚臉皮的人，你可能會用到以下幾個單字：

shameless (a.) 無恥的，不要臉的

也可說 have no shame。但要注意 it's a shame 是「真可惜」，不要誤會為「真無恥」。

A: I can't believe she's shameless enough to flirt with other men in front of her husband.
我真不敢相信她無恥到在她老公面前和別的男人調情。

B: I know. That woman has no shame.
我知道。那女人忝不知恥。

nerve (n.) 厚顏，無恥

● You've got a lot of nerve talking about me behind my back!
你真是有夠無恥，敢在背後說我壞話！

gall (n.) 做無恥行為的膽量

片語 have the gall to V. 即「厚著臉皮做某事」。

● He never paid back the money I lent him, and now he has the gall to ask me for more!
他跟我借錢從來不還，現在還厚著臉皮來借！

chutzpah [ˈkutspə] **(n.)** 大膽

口語說法，形容一個人不懼世俗眼光，類似 gall 和 nerve，但較無負面意味。

● It takes a lot of chutzpah to ask the boss for a raise when the company is losing money.
當公司虧損的時候，真的要臉皮夠厚才敢要求老闆加薪。

呃，真肉麻！

如果我比較想用形容詞表達「肉麻」，但不想用噁心（disgusting），請問還有哪些詞可以表達呢？

Michelle

肉麻是台灣人很常用的單字，不過英文裡並沒有「肉麻」的說法，當看到情侶公開做出兒童不宜的舉止時，外國人通常會說：

● Get a room you two!
你們去開房間啦！

● They should get a room.
他們應該開房間。

或用下列句子來表達自己心中的感受：

● That's so gross.
那真噁心。

● How gross!

● How icky!
真噁心！

● I feel sick to my stomach.
我感到反胃了。

● I'm think I'm gonna puke.
我快要吐了。

● My skin is crawling.
我噁心得都起雞皮疙瘩了。

這是什麼水果？

有一次，有個外國人問我朋友「火龍果」是什麼？
結果我朋友只會說：It is a tropical fruit. 遇到這種情況，
該怎麼說呢？

小華

首先，為你解答「火龍果」的說法是 dragon fruit。但若遇到外國人從來沒有吃過或看過的水果，要解釋起來的確是挺麻煩的，有些水果即使你直接把名字唸給他聽了，他還是不知道那到底是什麼東東，所以不妨解釋一下水果的產地、特性、外表、吃起來的味道等。

形容水果的味道及口感
- sweet 甜甜的
- sour 酸酸的
- dry 乾乾的
- bitter 苦苦的
- astringent 澀澀的
- sticky 黏黏的
- juicy 水分很多
- fragrant 香香的

- **This fruit is really juicy, but it doesn't have much flavor.**
  這種水果水分很多，但沒什麼味道。

- **This fruit is really bitter, so it needs to be processed before it can be eaten.**
  這種水果很苦，要加工之後才能吃。

- **The skin of this fruit is very fragrant, and is used to make essential oil.**
  這種水果的果皮很香，會被拿去製作精油。

- **These are more sour when they're green, and sweeter when they're yellow.**
  這種水果綠色的時候比較酸，變成黃色就比較甜。

敘述水果的吃法
- **You can just peel it with your hands.**
  你可以用手把它剝開。

- **Use a knife to cut it in half and then scoop out the fruit with a spoon.**
  拿刀子對半切開，再用湯匙挖出果肉來。

- **Use a paring knife to remove the peel and dig out the seeds.**
  用削皮刀把皮削掉，再用刀子把籽挖出來。

- **You can just wash it and eat it.**
  只要把它洗乾淨就可以吃了。

- **Remember to spit out the seeds!**
  記得要吐籽喔！

說明水果的產地
- tropical 熱帶的
- subtropical 亞熱帶的
- temperate 溫帶的
- northern 北部的
- eastern 東部的
- western 西部的
- central 中部的
- southern 南部的
- Southeast Asia 東南亞

- **They're grown in Taiwan.**
  這是台灣出產的水果。

- **Mangoes are grown abundantly in southern Taiwan.**
  芒果是台灣南部盛產的水果。

- **Apples and pears are grown in the mountains of central Taiwan.**
  台灣中部的高山地區出產蘋果和梨子。

- **There are many kumquat orchards around Yilan in eastern Taiwan.**
  在台灣東部的宜蘭有很多金棗果園。

- **The durian is a tropical fruit.**
  榴槤是一種熱帶水果。

- **They're imported from Southeast Asia.**
  它們是從東南亞進口的。

形容水果的外表
- smooth 滑滑的
- bumpy 不平的
- wrinkly 皺皺的
- rough 粗粗的
- prickly 有刺的
- hairy 毛毛的

- **This kind of fruit has a thick skin.**
  這種水果的皮很厚。

- **They're coated with wax, so you should peel them before you eat them.**
  這種水果有打蠟，最好削皮再吃。

台灣水果名產

pineapple cakes
鳳梨酥

● Taiwan is famous for its pineapple cakes, which are especially popular with tourists.
台灣的鳳梨酥非常有名，尤其受到觀光客歡迎。

longan muffins
桂圓蛋糕

© rayyu/flickr.com

● Longan muffins, which are made with dried longan and walnuts, can only be found in Taiwan.
用龍眼乾和核桃做的桂圓蛋糕，只有在台灣才看得到。

lychee rose bread
荔枝玫瑰麵包

© trendywang/flickr.com

● This bread, made with lychee liqueur and rose petals, won the Masters de la Boulangerie in 2010.
這款用荔枝酒和玫瑰花瓣製成的麵包，曾經奪得二〇一〇年世界麵包大師賽冠軍。

mango shaved ice
芒果冰

© albert_hsieh/flickr.com

● If you visit Taipei in the summer, you have to try mango shaved ice.
如果在夏天來台北，一定要吃芒果冰。

● It's shaved ice topped with cubes of fresh mango, mango ice cream and mango sauce.
那是在挫冰上放新鮮芒果塊、芒果冰淇淋和芒果熬煮的醬汁而成。

preserved star fruits
楊桃蜜餞

© mubanpi/flickr.com

● Star fruit is preserved with salt and sugar and then boiled in water to make star fruit juice.
用糖和鹽醃漬的楊桃加水熬煮，就變成楊桃汁。

● In Chinese medicine, star fruit juice is used to treat sore throats.
中醫認為喝楊桃汁能治喉嚨痛。

dried persimmons
柿乾

● Each fall, persimmons drying in the orchards of Hsinchu and Miaoli make a beautiful sight.
每到秋天，新竹、苗栗一帶果園曬柿乾的景象非常美麗。

● Dried persimmons are eaten as a snack, and also used to make a delicious medicinal chicken soup.
柿乾可以當零食，也可以拿來燉好吃的藥膳雞湯。

preserved kumquats
金棗蜜餞

● The kumquats grown in Yilan are made into preserved fruit, and the oil extracted from their skin is used to treat coughs.
宜蘭生產的金棗會做成蜜餞，金棗皮提煉的金棗油還能治療咳嗽。

Why bother?

常聽到 Why bother? 這句話，請問中文到底是什麼意思？要用在怎樣的情境呢？

好學生

Why bother? 的意思近於中文的「何必呢？」用來某事不必要，或是不值得花心力去做。

A: I'm thinking of buying a car to drive to work.
我在考慮買輛車，開車上班。

B: Why bother? The public transportation here is really convenient.
何必呢？這裡的大眾運輸那麼方便。

A: I want to take Latin next semester.
我下學期想學拉丁文。

B: Why bother? It's a dead language.
何必呢？那種語言都沒人在用了。

各種「費用」的說法

英文的「費用」有 fare、fee、charge 這些說法，請問差別在哪？要怎麼使用？

Pin

fare 通常是指「交通費」：

● How much was the taxi fare?
計程車資是多少？

● Bus fares in Taiwan are quite cheap.
台灣的公車費頗便宜。

fee 和 charge 有點像，但是用法稍有不同。fee 通常是提供專業服務所收取的費用：

● Does your bank have high transaction fees?
你的銀行轉帳手續費很高嗎？

● What is the application fee for that university?
那間大學的申請費多少？

● The defendant paid thousands of dollars in legal fees.
辯方付了好幾千元的律師訴訟費。

charge 通常是服務或商品的費用，例如入場費等，也可作動詞使用：

● The hotel serves breakfast at no extra charge.
這間飯店的早餐是免費供應的。

● Does the exhibition have an admission charge?
這個展覽要付入場費嗎？

● Does the cathedral charge admission?
這個大教堂收入場費嗎？

● How much do you charge for your services?
你的服務要收多少費用？

她是個隨便的女人

我認識一個女生像花蝴蝶一樣，男朋友一個換過一個，根本是亂來。
我想說：她太隨便了。

Sammy

其實要當花蝴蝶是她高興，我們去評斷別人幹嘛呢。或許你是基於某種原因被她氣到了，才忍不住這樣說她：

● She's playing the field.
她四處招蜂引蝶。

● She's a player.
她是玩咖。

● She's too much of a flirt.
她太愛挑逗人了。

● She's so loose.
她真放蕩。

● She's easy.
她很好把。

你在電影裡會聽到這個很無禮的說法，強烈建議不要隨便使用：

● She's a slut.
她是個騷貨。

煮熟的鴨子飛了

跟客戶談生意談到最後階段，差點就要簽約了，沒想到對方臨時改變主意不簽了，好不容易到手的訂單泡湯了，我想說「煮熟的鴨子飛了」，請問怎麼用英文表達呢？

有點衰

成功在望到最後卻失敗，也就是「功虧一簣」，英文直譯為 to fail on the verge of success，也可說 to snatch defeat from the jaws of victory。

● **Our team was ahead by 18 points, but then snatched defeat from the jaws of victory in the fourth quarter.**
我們這一隊原本領先十八分，卻在第四節時功虧一簣。

而在球賽或選舉中，則常說 to snatch victory from the jaws of defeat，表示「逆轉勝」：

● **The general rallied his troops and snatched victory from the jaws of defeat.**
將軍重整旗鼓終於反敗為勝。

不過上述說法不適用於商業情境，你可用 back out 這個片語，表「退出（計畫，協議等）」：

● **We were about to sign a deal, but the client backed out at the last minute.**
我們原本都要簽約了，但客戶卻在最後變卦。

芭樂歌

請問要怎麼用英文說「這首歌很芭樂，但是很容易記得」？

哈林

芭樂歌就是有點俗氣（cheesy）卻讓人琅琅上口的（catchy）歌吧！

● **That song is pretty cheesy, but it has a catchy chorus.**
這首歌滿芭樂的，但副歌很容易琅琅上口。

● **It's fun to sing cheesy songs at the karaoke club.**
在 KTV 唱芭樂歌很好玩。

也可用 bubblegum（口香糖）作形容詞來形容芭樂的主流文化，因此芭樂音樂也可說 bubblegum pop：

● **That station plays nothing but bubblegum pop.**
這個電台只會播一些芭樂音樂。

● **My little sister listens to bubblegum boy bands.**
我妹專聽一些芭樂男團的音樂。

請打小力一點！

我跟妹妹很愛打羽毛球，當她打太用力時，球會飛太遠。
我想要說：請你打小力一點好嗎？
我這樣說：Don't do your best to hit the ball, OK?

嘉嘉

do one's best 是固定用法，都用在正面積極的情況，表示「盡最大努力」，所以通常不會叫人家 don't do your best 啦！

● **Kevin did his best to save his marriage.**
凱文儘了最大努力挽救他的婚姻。

打羽毛球時，我們可以用 birdie 來指那個被打來打去的球。要請人打小力一點，你可以說：

● **Don't hit the birdie so hard, OK?**
別這麼用力打球，好嗎？

● **You don't have to hit the birdie so hard.**
你不用那麼用力打球。

討論照片

請問一些討論照片的句子怎麼說？還有「團體照」的英文是什麼？

nowhereman

照片洗出來了，要拿給一起合照的人，你可以說：

- **This is our group picture.**
  這是我們的團體照。

- **This is a picture of us all together.**
  這是我們大家一起照的相片。

若要誇獎照片拍得好，你可以說：

- **You made me look great!**
  你把我拍得好漂亮！

- **You're really photogenic.**
  你好上相。

- **This photo is well composed.**
  這張照片構圖很好。

- **Where is this? The scenery is beautiful.**
  這是哪裡？風景好美。

不過討論照片時，一般常會說照片拍得有問題：

- **This one is a little blurry.**
  這張有點糊。

- **This photo is out of focus.**
  這張照片失焦了。

- **This one is overexposed / underexposed.**
  這張曝光過度／不足。

- **You should turn the flash on / off .**
  你應該打開／關閉閃光燈。

- **Your hand is covering / blocking the lens!**
  你的手擋住鏡頭了！

- **Your eyes were shut / closed.**
  你的眼睛閉起來了。

- **You're blocking Claire's face.**
  你擋住克萊兒的臉了。

- **He has a strange expression on his face.**
  他的表情好奇怪。

disposable camera
即可拍相機

instant camera
拍立得相機，即 Polaroid
（這種相機的品牌）的音譯

digital camera
數位相機

SLR
單眼相機，
single lens reflex
的縮寫

衣著笨重，行動不便

我冬天在家穿厚衣服，四肢不易移動。
我想要說：衣服厚重令我們不容易移動我們的四肢。
我這樣說：Thick clothes make us move our limbs not
　　　　　so easily.

Randy

limb 是指「手腳、四肢」（讀作 [lɪm]，字尾的 b 不發音）。冬天穿著得像狗熊，活動變得不太輕便，這樣的情況可以說：

- **It's hard to move around freely in thick clothes.**
  穿著厚重的衣服很難行動自如。

- **I'm wearing so many layers I can barely move my arms.**
  我穿太多層了，手臂都快無法活動。

天氣一冷，不要說行動不便是衣服害的，其實是根本懶得動吧：

- **It's so cold today. I wish I could just stay in bed all day.**
  今天好冷，真希望能整天躲在被窩裡。

- **It's freezing out there! I don't even want to leave the house.**
  外面冷死了！我根本不想離開屋子。

- **I'm so envious of animals that hibernate.**
  我真羨慕能夠冬眠的動物。

「不貴」的英文表達法

有人問我對某間餐廳的評價。
我想要說：這家餐廳的消費不算貴。
我這樣說：The food of this restaurant is not expensive.

Wendy

「不貴」可能代表很便宜、單價低，純粹指價格低廉，但不代表品質一定很差：

● **That stir-fry restaurant is really cheap—each dish is only 100 NT.**
那家熱炒店很便宜，每道菜才一百塊。

● **Are there any inexpensive Italian restaurants around here?**
這附近有沒有平價義大利餐廳？

● **If you're looking for low prices, you should go outlet shopping.**
如果你要搶便宜，應該去暢貨中心逛逛。

「不貴」也可以表示定價相當合理公道：

● **The prices at that café are pretty reasonable.**
那家咖啡廳的價格相當公道。

● **Most of their dishes are reasonably priced.**
他們大部份的菜定價都還算合理。

若是要講「物超所值」，可說 bang for the / your buck 或 good value：

● **If you buy a Toyota, you'll get lots of bang for the buck.**
買豐田的車算是物超所值。

● **That restaurant isn't cheap, but it's a good value.**
這間餐廳不便宜，但很值得。

但是你覺得不貴，別人可能覺得貴。所以你可以說詳細一點：

● **There were four of us, and we ate well for just 1,000 NT.**
我們上次四個人去，花一千塊就吃得很好了。

● **Portions were big, and each dish was around 150 NT.**
食物份量很多，每道菜平均一百五十塊。

● **At that restaurant, you'll spend around 350 NT a person.**
去那間餐廳，一個人大約要花三百五十塊。

● **If you like seafood, that restaurant is a bargain.**
如果你喜歡吃海鮮，那間餐廳很划算。

● **That all-you-can-eat place is cheap, and the quality is good, but they have an hour-and-a-half time limit.**
那間吃到飽餐廳很便宜，食材也很好，但有限時一個半小時。

● **The afternoon tea at that restaurant offers unlimited refills.**
那邊下午茶的飲料可以無限續杯。

對號入座

有些人很敏感，明明人家說的就不是他，他卻硬要對號入座，以為人家在諷刺他，我想說：不要對號入座。請問英文該怎麼說？

Birdy

英文中並沒有完全對等的詞，不過 take sth. personally 就是「針對某人」的意思，當有人對號入座時就可以拿來用。

A: **I can't believe the boss thinks I'm lazy!**
我不敢相信，老闆居然覺得我很懶惰！

B: **Don't take it personally. He wasn't talking about you.**
別對號入座。他不是在說你啦。

切換中文輸入法

請問以下幾個句子的英文說法：
1. 我無法切換到中文。
2. 也許他們並沒有灌中文輸入法。

Jennifer

「中文輸入法」是 Chinese input (method)，「切換」輸入法要用 switch 這個動詞，知道這兩個字彙之後，你要的答案就呼之欲出了：

- **I can't switch to Chinese input.**
  我無法切換到中文輸入。

- **Maybe they didn't install Chinese input.**
  也許他們並沒有安裝中文輸入法。

唱片「跳針」

請問唱片「跳針」的英文要怎麼說？可以用 skip 這個字嗎？

Hale

「跳針」的英文的確是 skip，它既是動詞也是名詞。早期的唱片（record）要用唱針 needle）去讀唱片上的溝紋（groove），當唱針壞掉或唱片磨損，唱針在相同的溝紋裡轉不出去，就會跳針一直重複同一段音樂。

雖然現在大家都用 CD，但還是繼續用 skip 來描述音樂無法順利播放，因此你就可說：

- **The record is skipping.**
  這張唱片一直跳針。

- **The CD is skipping.**
  這張 CD 在跳針。

跳針一直重覆同一段音樂，聽了會很煩。當一個人囉囉嗦嗦，老是講同一件事，你也可以說他跳針：

- **You sound like a broken record.**
  你跟唱片跳針一樣煩人。

「流失率」怎麼說？

開會時，老闆指著一位老師說：「他帶的班是這個月份學生流失率最高的一班。」我想問「流失率」的英文怎麼說？還有「很糟，他竟然流失這麼多學生。」又要怎麼講？

Ping

五、六月正是補習班的招生旺季（high enrollment period），如果此時流失率（drop-out rate）太高可不是件好事。雖然不太可能會用英語來招生，但是如果標榜雙語補習班，學點這類的英文也未嘗不可。你所問的句子可以這樣說：

- **It's terrible that so many students have dropped out of his class.**
  真糟，他的班流失這麼多學生。

招生不如預期，你或許會說：

- **We're having a hard time recruiting students right now.**
  我們現在招生困難。

- **We should work harder to meet the needs of prospective students.**
  我們應該更努力迎合潛在學生的需求。

若要在文宣上強調補習班的優勢，可說：

- **Our teachers are all well-trained and highly qualified.**
  我們的老師全都訓練有素，專業合格。

- **We have top-notch facilities.**
  我們有頂級的設備。

- **Our academic programs are effective and comprehensive.**
  我們的教學計畫既有效果又很完備。

- **Our school has an excellent track record.**
  我們補習班有輝煌的成績紀錄。

- **Our teachers all have abundant teaching experience.**
  我們的老師都有豐富的教學經驗

- **Our teachers have all taught for at least three years.**
  我們的老師都有至少三年的教學經驗。

- **We revise our teaching materials every year to keep up to date with the latest tests.**
  我們每年都會更新教材以符合最新的測驗。

- **We provide a safe and comfortable environment for our students to study in.**
  我們提供學生一個安全舒適的環境進行學習。

要用 either 還是 too？

我在雜誌上看到這個句子：I didn't know you were Jewish, either. 這裡的 either 在我的理解，應該用 too 才對，不是嗎？

Jack

針對你的問題，I didn't know you were Jewish, either. 這裡用 either 或 too 都可以是對的，但要看上下文義。請比較以下兩句翻譯：

● I didn't know you were Jewish, either.
我也不知道你是猶太人。

● I didn't know you were Jewish, too.
我不知道你也是猶太人。

如果這句話出現的情況，是你跟 Josh 說你不知道他是猶太人，另一個人也跟著對 Josh 說「我也不知道你是猶太人。」句子的重點是 I didn't know，這時要用 either。

假如現場有一個猶太人，Josh 走過來表示自己也是猶太人，你這時說「我不知道你也是猶太人。」句子的重點是 you are Jewish，這時用 too，就是正確的。

炒新聞

電視上又報導某男星和某女星假戲真做，拍戲時傳出曖昧，我想說：他們不過是在炒新聞，為戲宣傳罷了。想請問「炒新聞」英文怎說？

聰明人

喉嚨沙啞

我在家中與可愛的老爸爭論我有無感冒，他堅持我喉嚨啞掉，是因為感冒。
我想說：我喉嚨啞掉，只是因為我最近玩太瘋、睡眠不足、加上唱太多 KTV 所致，不是我感冒。

阿坊

KTV 的英文是 karaoke 這個字，你可以說：

● I'm hoarse because I haven't gotten enough sleep lately and have been singing a lot of karaoke.
我喉嚨啞掉是因為我最近睡眠不足，加上唱太多 KTV 所致。

喉嚨沙啞，就要多保養喉嚨：

● Your voice is really hoarse. You should drink more water.
你嗓子好啞。你該多喝點水。

● Do you want a lozenge / cough drop?
你需要喉糖嗎？

● You need to rest your voice.
你的聲音需要好好保養。

你問的這種情況，或許可用 publicity stunt 來表示，這個片語是指用不尋常的方式，為某人、某項產品或某個機構打知名度所使用的宣傳伎倆，有時刻意不讓大眾知道這其實是在宣傳，意思跟「炒新聞」最接近。

而你問題中所舉的例子，演員因合作而傳出的緋聞則叫 showmance（即 show 加上 romance），他們可能是真的在談戀愛，也可能是純粹炒新聞。

A: Did you see the story about Kristin Stewart cheating on Robert Pattinson with that director? I wonder if it's just a publicity stunt to promote the new Twilight movie.
你有看到克莉絲汀史都華背著羅伯派汀森，和導演有一腿嗎？我在想這是不是為了宣傳新一集《暮光之城》在炒新聞。

B: Probably. I doubt they're even a real couple. I think it was just a showmance to begin with.
有可能。我懷疑他們到底是不是一對。我覺得從一開始就是假緋聞。

連美國人也想知道的英文問題

主題式分類索引

人際關係

英文用法

生活

校園學習

運動

流行

工作職場

THE AMAZING
SPIDER-MAN 2
RISE OF ELECTRO

蜘蛛人驚奇再起2
電光之戰

IN 3D
4.23（三）最強對戰 驚奇展開

國賓電影網站 www.ambassador.com.tw

威秀FUN電影

全 新 改 版 升 級

Android / iOS APP

 立即掃描QR CODE，
連結**免費下載專屬頁面**！

www.feelwonder.com/client/funmovie

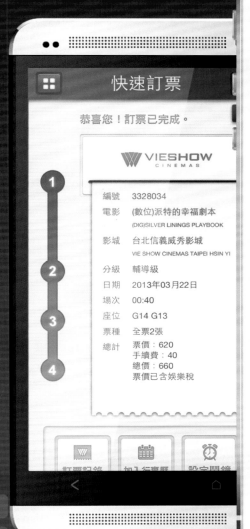

✓ 快速便利訂票趣　　✓ 電影資訊即時蒐

✓ 活動情報一手抓　　✓ 直覺式操作介面

國家圖書館出版品預行編目 (CIP) 資料

連美國人也想知道的英文問題.Good Question!：EZ TALK總編嚴選特刊 / EZ叢書館編輯部作. --
初版. -- 臺北市：日月文化, 2014.04
144面 ; 21x28公分
ISBN 978-986-248-376-3
1.英語 2.慣用語 3.俚語
805.123   103002356

EZ 叢書館

連美國人也想知道的英文問題 Good Question!：EZ TALK總編嚴選特刊

作　　　者：EZ TALK 編輯部
總 編 審：Judd Piggott
資深編輯：黃鈺琦
執行編輯：韋孟岑
美術設計：管仕豪、徐歷弘、許葳、陳奕蓁、楊意雯

發 行 人：洪祺祥
第二編輯部
總編輯顧問：陳思容
第二編輯部
副 總 編 輯：顏秀竹
法律顧問：建大法律事務所
財務顧問：高威會計師事務所

出　　　版：日月文化出版股份有限公司
製　　　作：EZ叢書館
地　　　址：台北市大安區信義路三段 151 號 8 樓
電　　　話：(02)2708-5509　　傳真：(02)2708-6157
網　　　址：www.ezbooks.com.tw
客服信箱：service@heliopolis.com.tw
郵撥帳號：19716071 日月文化出版股份有限公司

總 經 銷：聯合發行股份有限公司
電　　　話：(02)2917-8022　　傳真：(02)2915-7212
印　　　刷：科樂印刷事業股份有限公司
初　　　版：2014年4月
初版三刷：2014年7月
定　　　價：299元
I S B N：978-986-248-376-3

日月文化集團 HELIOPOLIS CULTURE GROUP　　EZ TALK 美語會話誌　　EZ Japan 流行日語會話誌　　EZ Korea 流行韓語學習誌　　EZ 叢書館

讀者基本資料

■姓名 _____ 性別 □男 □女

■生日 民國 _____ 年 _____ 月 _____ 日

■地址 □□□ - □□（請務必填寫郵遞區號）

_____

■聯絡電話（日）_____

　　　　　（夜）_____

　　　　　（手機）_____

■ E-mail

_____

（請務必填寫 E-mail，讓我們為您提供 VIP 服務）

■職業

　　□學生 □服務業 □傳媒業 □資訊業 □自由業 □軍公教 □出版業

　　□商業 □補教業 □其他

■教育程度

　　□國中及以下 □高中 □高職 □專科 □大學 □研究所以上

■您從何種通路購得本書？

　　□一般書店 □量販店 □網路書店 □書展 □郵局劃撥

您對本書的建議……

廣告回信免貼郵票
台灣北區郵政管理號登記證
第 000370 號

日月文化出版股份有限公司

10658　台北市大安區信義路三段 151 號 8 樓

● **日月文化集團之友・長期獨享購書 79 折**
　（折扣後單筆購書金額未滿 500 元須加付郵資 60 元），並享有各項專屬
　活動及特殊優惠！

● **成為日月文化之友的兩個方法**
　・完整填寫書後的讀友回函卡，傳真至 02-2708-6157 或郵寄（免付郵資）
　　至日月文化集團讀者服務部收。
　・登入日月文化網路書店 www.ezbooks.com.tw 完成加入會員。

● **直接購書的方法**
　郵局劃撥帳號：19716071 戶名：日月文化出版股份有限公司
　（請於劃撥單通訊欄註明姓名、地址、聯絡電話、電子郵件、購買明細即可）

大好書屋　寶鼎出版　山岳文化　**EZ** 叢書館　**EZ** Korea　**EZ** TALK　**EZ** Japan

請以膠帶封口